U0083542

中國語言文字研究輯刊

二　編

許 錟 輝 主編

第 1 冊

《二編》總目

編 輯 部 編

「口」「嘴」「首」「頭」詞義演變的研究——兼論漢語詞義的演變

侯 雪 娟 著

花木蘭文化出版社

國家圖書館出版品預行編目資料

「口」「嘴」「首」「頭」詞義演變的研究——兼論漢語詞義的演變／侯雪娟 著－初版－新北市：花木蘭文化出版社，2012〔民 101〕

目 2+100 面；21×29.7 公分

（中國語言文字研究輯刊 二編；第 1 冊）

ISBN：978-986-254-857-8（精裝）

1. 漢語 2. 詞義學

802.08 101003061

中國語言文字研究輯刊

二 編 第 一 冊 ISBN：978-986-254-857-8

「口」「嘴」「首」「頭」詞義演變的研究
——兼論漢語詞義的演變

作 者 侯雪娟

主 編 許錟輝

總編輯 杜潔祥

出 版 花木蘭文化出版社

發行所 花木蘭文化出版社

發行人 高小娟

聯絡地址 新北市永和區中正路五九五號七樓之三

電話：02-2923-1455／傳眞：02-2923-1452

網 址 http://www.huamulan.tw 信箱 sut81518@gmil.com

印 刷 普羅文化出版廣告事業

初 版 2012 年 3 月

定 價 二編 18 冊（精裝）新台幣 40,000 元

《二編》總目

編輯部編

《中國語言文字研究輯刊》二編　書目

詞義研究專輯

第 一 冊　侯雪娟　「口」「嘴」「首」「頭」詞義演變的研究——兼論漢語詞義的演變

《說文解字》研究專輯

第 二 冊　杜忠誥　《說文》篆文訛形釋例

古代語文研究專輯

第 三 冊　陳冠勳　殷卜辭中牢字及其相關問題研究

第 四 冊　林清源　兩周青銅句兵銘文彙考（上）

第 五 冊　林清源　兩周青銅句兵銘文彙考（下）

第 六 冊　羅仕宏　西周金文假借字研究（上）

第 七 冊　羅仕宏　西周金文假借字研究（下）

第 八 冊　陳　立　戰國文字構形研究（上）

第 九 冊　陳　立　戰國文字構形研究（中）

第 十 冊　陳　立　戰國文字構形研究（下）

第十一冊　趙苑夙　上博楚簡〈孔子詩論〉文字研究

第十二冊　曾昱夫　中古佛經完成動詞之研究（上）

第十三冊　曾昱夫　中古佛經完成動詞之研究（下）

第十四冊　連蔚勤　常用合體字小篆結構研究

第十五冊　王若嫻　唐蘭古文字學研究

古代音韻研究專輯

第十六冊　丁憶如　司馬相如賦篇之音韻風格研究

第十七冊　吳敬琳　玄應音義的音系及其方音現象

第十八冊　張慧美　朱翱反切新考

《中國語言文字研究輯刊》二編
各書作者簡介・提要・目次

第一冊　「口」「嘴」「首」「頭」詞義演變的研究——兼論漢語詞義的演變

作者簡介

侯雪娟，大學畢業於東海大學中國文學系，後就讀東海大學中文研究所，碩士論文指導教授為方師鐸教授。研究所畢業後，任職於吳鳳工專（現為吳鳳科技大學）共同科國文教師並先後兼任事務組長、註冊組長、總務主任；民國 77 年 8 月，轉任甫創校之親民工專（今之亞太創意技術學院）共同科國文教師並兼任註冊組長、總務主任，至 80 年 8 月離開親民工專。民國 80 年 9 月起，任職於大葉大學，除了開授國文領域相關課程外，亦兼任行政職務，並以在職進修方式，攻讀逢甲大學中文系博士班，博士論文指導教授為李威熊博士；目前為通識教育中心副教授兼總務長、主任秘書。

提　要

漢語詞彙的意義錯綜複雜。一個詞，往往具有多個意義。一般人的觀念只有：有這個意思，也有那個意思。至於為什麼會有這個意思，有那個意思？在什麼年代用法怎樣？在歷史中如何發展？則極其模糊。也因為概念模糊，在閱讀古籍，甚至日常交談，遭到不少挫折。

本篇論文以四個漢字「口」「嘴」「首」「頭」為研究對象。先探討其字形，由字形確定本義，再由本義找出字義的引申發展及引申發展的途徑。由字到詞，由字義到詞義，歸納我們的語料，呈現這四個字在歷代被使用的情況。

呈現這四個字在歷代被使用的情況後，我們分「詞彙內在涵義」及「詞彙外在型態」兩部分來對漢語詞彙演變現象作一觀察。前者重在探討詞義的種類、組合及演變；後者則重在詞彙外表的改變。

對漢語詞彙意義演變的研究，本篇論文只是一個小小的試而已。

目 次

第一章　緒　論……1

第一節　主旨與立場……1

第二節　例證的選用……3

第三節　語料來源……4

第二章　本論文所注重的基本詞彙……5

第一節　字和詞的錯綜關係……5

第二節　詞和詞素的交替現象……9

第三章　例證一：「口」與「嘴」……13

第一節　「口」字的字義……13

第二節　「口」字詞義的歷史發展……16

第三節　「嘴」字的來源——與「觜」「咮」「噣」「啄」「喙」的關係……34

第四節　「嘴」字的字義發展……36

第五節　「嘴」字詞義的發展……41

第六節　「口」、「嘴」二字詞義發展的參差……42

第四章　例證二：「首」與「頭」……43

第一節　「首」字的字形……43

第二節　「首」字的字義……44

第三節　「首」字詞義的發展……45

第四節　「頭」字的字形……54

第五節　「頭」字的字義……55

第六節　「頭」字詞義的發展……58

第七節　「首」、「頭」二字詞義發展的參差……69

第五章　由例證看詞彙內在涵義的演變……71

第一節　詞義的種類……71

第二節　詞義的組合……77

第三節　詞義的演變……80

第四節　詞義的多義性和詞義的演變……83

第六章　由例證看詞彙外在型態的發展……85

第一節　從單音詞到複音詞……85
第二節　語詞的替換……88
第三節　字數的增減……89
第四節　文言與白話……90
第七章　結　語……93
參考引用書目……95

第二冊　《說文》篆文訛形釋例

作者簡介

杜忠誥，一九四八年生，臺灣彰化縣人。省立台中師專語文組畢業，日本國立筑波大學藝術學碩士，國立臺灣師範大學國文系學士及國文研究所文學博士。精研八法與漢字形體學，擅各體書。作品曾獲中山文藝獎、吳三連文藝獎及國家文藝獎等。曾個展於國立歷史博物館國家畫廊、臺北市立美術館、台灣省立美術館及日本東京銀座鳩居堂畫廊等處。歷任全國美展、中山文藝獎、國家文藝獎、吳三連文藝獎等評審委員，國立故宮博物院藏品審查委員、國立歷史博物館美術文物鑑定委員、中華書道學會創會理事長等。現為明道大學講座教授、國立臺灣師範大學國文研究所及美術研究所兼任副教授。著作有《書道技法一二三》、《池邊影事》、《線條在說話》DVD、《漢字沿革之研究》、《淬煉與超越——杜忠誥回鄉書法展》等。

提　要

本書是在前人研究成果的基礎上，根據出土甲骨、金文、璽印、貨幣、古陶、簡牘、帛書等古文字資料，參考現存文獻，並結合書法中與文字書寫密切相關的「筆法」、「筆意」與「筆勢」等概念，從漢字形體學之角度，針對《說文》篆文訛形的有關問題，所進行的一系列探討。期能振葉尋根，討其本源；又能循流而下，悉其枝派。務使每一個篆文訛形之形體，不論其為個別點畫筆勢之訛，抑或部件、偏旁，乃至整體字形之訛，對其訛變遞嬗由來，皆能獲得較為近理之分析、推索與闡釋，以還其形體動態發展演化之歷史眞相，一改過去長期以來以靜態的六書分類與文字偏旁部首分析為重點的傳統字形研究方式。

本書首章之「緒論」，除了「前言」一節為本書之研究動機與研究方法外，尚有「形體學研究的價值與意義」、「《說文》篆文之形體來源」、「漢字訛變的兩大主因」、「《說文》篆文與出土簡牘帛書」、「《說文》篆文訛形之判定及其類型」等五節。凡與本書各章節所論述的有關漢字形體學上之基本理念，略具於此。第二章至第九章，依《說文》篆文訛形之靜態結構，歸納爲「離析之訛」、「連合之訛」、「增冗之訛」、「刪減之訛」、「穿突之訛」、「縮齊之訛」、「錯綜分合之訛」及「其他」八個類型。每類型各爲一章，並分別舉例，就形體學之動態發展新視角加以析論，是有關「漢字形體學」研究之實際演示。

目　次

周　序（周何）……1
陳　序（陳新雄）……3
許　序（許錟輝）……5
自　序……9
第一章　緒　論……1
　第一節　前言……1
　　一、分析比對，確定形訛……3
　　二、旁蒐博採，統整歸類……5
　　三、討源尋流，析述論證……8
　第二節　「形體學」研究的價值與意義……10
　　一、成立「形體學」獨立學科之必要……10
　　二、「形體學」之研究重點……13
　　三、「形體學」與異體字之整理……15
　第三節　《說文》篆文之形體來源……18
　第四節　漢字訛變的兩大主因……24
　第五節　《說文》篆文與出土簡牘帛書……31
　第六節　《說文》篆文訛形之判定及其類型……41
　　一、《說文》篆文形訛之判定……41
　　二、《說文》篆文訛形之分類……45
第二章　離析之訛……47
　第一節　說「黑」……47
　第二節　說「并」……51
　第三節　說「稷」、「稯」……53
　第四節　說「莽」……58
　第五節　說「孛」……63
第三章　連合之訛……73

第一節　說「折」、「制」 …… 73
第二節　說「與」、「与」 …… 81
第三節　說「尞」、「寮」 …… 85
第四節　說「姡」 …… 91
第四章　增冗之訛 …… 99
第一節　說「欠」 …… 99
第二節　說「歲」 …… 105
第三節　說「州」 …… 109
第四節　說「燕」 …… 112
第五節　說「皇」 …… 116
第六節　說「面」 …… 121
第七節　說「長」、「髟」 …… 126
第五章　刪減之訛 …… 133
第一節　說「到」、「致」 …… 133
第二節　說「受」 …… 141
第三節　說「則」、「具」、「員」 …… 145
第四節　說「乘」 …… 152
第六章　穿突之訛 …… 159
第一節　說「非」 …… 159
第二節　說「斗」、「升」 …… 166
第三節　說「半」 …… 170
第四節　說「帚」 …… 174
第五節　說「庶」、「度」、「席」 …… 178
第七章　縮齊之訛 …… 189
第一節　說「章」 …… 189
第二節　說「平」 …… 199
第三節　說「青」 …… 203
第四節　說「甲」、「卑」 …… 209
第八章　錯綜分合之訛 …… 219
第一節　說「笑」 …… 219
第二節　說「奪」、「奮」 …… 230
第三節　說「朝」、「淖」 …… 235

第四節　說「叕」……242
第五節　說「畏」……246
第六節　說「贛」、「竷」……249
第九章　其他之訛……261
第一節　說「旁」……261
第二節　說「臱」、「邊」……266
第三節　說「展」、「尻」……273
第四節　說「悝」……289
第五節　說「鬼」……292
第六節　說「戎」……296
第十章　結　語……303
參考書目……305

第三冊　殷卜辭中牢字及其相關問題研究

作者簡介

陳冠勳，1983 年出生於臺灣桃園。臺北市立教育大學中國語文學系碩士，師承於許進雄教授，研究方向爲甲骨文與銘文。著有《殷卜辭中牢字及其相關問題研究》、〈從字樣角度試探甲骨相關問題〉及古文字相關論文數篇。

提　要

本文以殷卜辭中的牢、宰二牲爲研究主題，透過不同於前輩學者的研究方法，討論牢、宰二牲的內涵及其相關問題。共分爲五個部分：

第一章爲緒論，旨在說明研究之源起、材料及方法。

第二章則討論牢字的創意，並辨析與其字形結構相似之字，包括宰、寓、家、圂、窜、婞、騂等字。將之分類爲祭牲與非祭牲二類，前者爲牢、宰二字，後者爲寓、家、圂、窜、婞、騂六字。可知牢牲與宰牲爲兩種不同的祭牲，而寓即爲後世之廄、家爲宗廟之處所、圂爲廁所、窜爲私名、婞爲女巫之私名、騂爲馬匹之私名，後六字皆非祭祀犧牲。

第三章分別從數量、性別、品種、毛色、年齡、豢養方式等面向，探討牢、宰二字之內涵。經研究後可知：牢不等於二牲，亦非爲了不同性別、品種、毛色、年齡所造的專字。牢、宰二字應爲殷人特別豢養的牛隻及羊隻，而特別飼養的原因則是爲了獻祭之用。

第四章分析以牢、宰爲祭牲的祀典、受祭者、祭祀日期及時代性等問題，試圖更深入探討牢、宰、牛、羊四牲的尊隆高低，並比較其與花園莊東地所出土甲骨卜辭之異同，亦以卜辭來探討其與後世經典的承繼關係。經分析後可知牢、宰二牲的尊貴度高於牛、羊牲，因爲其等級高於一般祭牲，故選擇使用牢、宰牲與受祭對象爲何有關，而與所舉行的祀典或受祭日期無關；經統計數據後得知，第一、二期使用宰牲比例較高，到了第三、四、五期則是使用牢牲的比例爲高，剔除新、舊派祀典與牲畜供應量的因素，推測造成此現象的原因爲早期時畜牧技術及配備不若晚期佳，故牢牲產量少，只能用於少數重要的受祭者，到了晚期技術等條件更臻完備，牢牲的產量提高，故可受祭的對象範圍擴大。與《花東》卜辭比較，發現《花東》卜辭的用牲比例較接近於晚期的用牲習慣；後世經典多以爲太牢爲牛、羊、豕成套，少牢爲羊、豕成套，此一說法可能是因經師的注解錯誤而成定說，又《大戴禮記》中有「太牢爲特牛、少牢爲特羊」的說法，此說與商代牢、宰牲爲「特別豢養的祭牲」較爲吻合。

第五章爲結論，除總結本文的研究結果外，更運用此成果於甲骨學的斷代上，部分學者主張王族卜辭與《花東》卜辭應屬於早期的卜辭，故本文以屬於制度層次的用牲習慣檢視之，發現王族卜辭與《花東》卜辭的用牲習慣與早期差異甚大，反而與第四期的用牲習慣較爲接近，故將王族卜辭與《花東》卜辭斷爲晚期較爲合理，由此也提供斷代新的思考空間。

目　次

凡　例

第一章　緒　論……1

第一節　研究動機及目的……1

第二節　前人研究成果……3

第三節　研究材料及範圍……5

第四節　研究方法……6

一、檢閱材料……6

二、分析內容……6

三、統計卜辭……7

第二章　牢字創意辨析……9

第一節　結構爲建築加牲畜而爲祭牲之字……9

一、「牢即宰」的意見商榷……10

二、大、小之牢（宰）不同於牢（宰）……15

第二節　結構爲建築加牲畜而非祭牲之字……18
一、㚔……18
二、寓……20
三、騂……21
四、雈……26
五、家、圂……26
第三章　牢字實質內容探討……31
第一節　二牲爲牢的商榷……31
第二節　性　別……37
第三節　品種及毛色……40
第四節　年　齡……45
第五節　豢　養……48
第四章　牢、宰、牛、羊牲尊隆度分析……51
第一節　祭祀種類分析……51
一、單一祀典……54
二、複合祀典……56
第二節　受祭對象分析……62
一、獨祭……64
二、合祭……82
第三節　祭祀日期分析……86
一、卜日……86
二、祭日……88
第四節　牢、宰牲使用的時代性問題……90
第五節　《花東》牢、宰牲使用分析……97
一、牢、宰比例分析……97
二、祭祀種類分析……99
三、受祭對象分析……100
四、祭祀日期分析……102
第六節　與後世牢義的承繼關係……103
第五章　結　論……107
第一節　殷卜辭中牢、宰之意義……107
一、牢字創意……107

二、牢、宰內涵 …… 108
第二節　殷卜辭中牢、宰的祭祀情況 …… 109
一、時代性 …… 109
二、祭祀種類 …… 109
三、祭祀對象 …… 110
四、祭祀日期 …… 111
五、與後世牢牲的承繼關係 …… 111
第三節　本文於甲骨學上的應用 …… 111
一、王族卜辭 …… 112
二、花東卜辭 …… 112
參考暨引用書目 …… 115
附　錄 …… 119
一、圖　版 …… 119
二、統計資料表 …… 121
三、出處來源表 …… 122

第四、五冊　兩周青銅句兵銘文彙考

作者簡介

林清源，1960 年生，臺灣彰化人。1979 年進入東海大學中國文學系學習，先後獲得學士、碩士、博士學位。曾任職於中臺醫護技術學院、中央研究院歷史語言研究所、暨南國際大學中國文學系，現爲中興大學中國文學系特聘教授兼通識教育中心主任。主要研究方向爲商周金文、戰國簡帛文獻、古文字構形演變規律等項，代表作有《兩周青銅句兵銘文彙考》、《楚國文字構形演變研究》、《簡牘帛書標題格式研究》等書。

提　要

本書爲作者的碩士論文，初稿完成於 1987 年，如今首度正式出版。最近二、三十年來，考古事業蓬勃發展，古器物學、古文字學隨之日新月異，本書許多學術意見理當配合修訂，惜因作者受限於時間與能力，無暇全面檢視，逐一訂補更新，現階段僅能就誤植字詞、拗口語句、論文格式、模糊圖版等項微幅調整，並新增《殷周金文集成》器號對照而已。

全書由「研究篇」、「考釋篇」兩部分所組成，前者屬於綜合研究性質，後者逐一考釋個別器物。「研究篇」共分四章：第一章〈緒論〉闡述兵器銘文研究價值，並彙整兩周時期列國兵器的器銘特徵；第二章〈器類辨識〉分析「戈」、「戟」二字的構形特徵，並辨別戈、戟、戣、鍨、瞿、鋸、鉘等兵器的形制特徵；第三章〈句兵辨僞〉彙集筆者與諸多學者鑑別疑僞兵器的研究成果，並據以概括成十幾條句兵辨僞條例；第四章〈春秋戰國文字異形舉例〉，係以形聲結構的「造」字、會意結構的「冶」字爲例，探討春秋戰國時期文字異形衍生與制約的規律，並歸納出各國所見「造」、「冶」二字的構形特徵。至於「考釋篇」部分，共收錄兩周句兵 326 件，皆依其年代、國屬分別類聚編次。

目　次

上　冊

本文與《邱集》器名對照表 …… 1
本文與《集成》、《邱集》、《嚴集》器號對照表 …… 13
研究篇 …… 23
第一章　緒　論 …… 25
　第一節　兵器銘文研究價值與研究動機 …… 25
　第二節　研究方法與章節架構 …… 31
　第三節　列國器銘特徵摘要 …… 33
第二章　器類辨識－兼釋「戈」、「戟」 …… 39
　第一節　戈 …… 40
　第二節　戟 …… 43
　第三節　戣、瞿、鍨、鋸、鉘、鍨鉘 …… 48
第三章　兵器辨偽－以句兵為主 …… 55
　第一節　疑僞兵器集錄 …… 55
　第二節　句兵辨僞條例 …… 61
第四章　春秋戰國文字異形舉例 …… 87
　第一節　釋「造」－兼論「乍」與「造」之關係 …… 87
　第二節　釋「冶」 …… 104
考釋篇 …… 117
凡　例 …… 119
　西周時期（001-028 器） …… 122
　吳國（029-033 器） …… 151
　越國（034-036 器） …… 160

徐國（037 器）……165
蔡國（038-047 器）……166
曾國（048-054 器）……177
鄀國（055 器）……182
楚國（056-060 器）……183
江國（061 器）……190
番國（062 器）……192
許國（063-064 器）……193
宋國（065-068 器）……194
雍國（069 器）……199
滕國（070-073 器）……200
郳國（074 器）……204
州國（075 器）……205
莒國（076 器）……207
魯國（077-080 器）……209
齊國（081-107 器）……214
下　冊
燕國（108-140 器）……241
衛國（141-143 器）……270
梁國（144 器）……273
虢國（145-150 器）……274
韓國（151-176 器）……278
趙國（177-183 器）……304
魏國（184-190 器）……311
秦國（191-214 器）……322
巴蜀（215-216 器）……356
楚系（217-232 器）……358
齊系（233-255 器）……376
三晉系（256-271 器）……399
國別不詳器（272-311 器）……417
疑僞器（312-326 器）……454
引用書目及其簡稱……465

第六、七冊　西周金文假借字研究

作者簡介

羅仕宏，1981 年生。私立東海大學中國文學系學士，國立中正大學中國文學系碩士班畢業，目前就讀國立中正大學中國文學系博士班。

提　要

本文以《殷周金文集成釋文》、《近出殷周金文集錄》二書爲範圍，討論其中 443 筆具代表性之銅器銘文。依其內容製成「西周銘文索引字表」，從中選取假借字例，共得「本無其字之假借」字例共 954 字，「本有其字之假借」字例共 113 組。研究內容主要可分爲三部分：

一、論文第貳章專門討論西周金文「本無其字的假借」，內容分爲專名與虛詞兩大部分討論，目的在於如實呈現西周金文假借字之用字情形。

二、第參、肆兩章則討論「本有其字的假借」，內容依陳殿璽〈談古字通假的種類與通假的方式〉之分類，分成六類討論，目的在於對文字通假之音義關係作完整的討論。

三、第伍章則討論通假字之字形關係。通假字雖著重聲音借用之關係，然而在其借用的過程中，受到潛意識之影響，而不自覺地使用了偏旁相同或相近之字，使通假字雖不重於字形關係之聯繫，卻造成了通假字大部分均有相同偏旁之結果。

假借字爲研究金文的重要環節，掌握金文假借字即能掌握銘文的內容，亦可對文字的演變現象與發展有更深一層的瞭解。

目　次

上　冊

第一章　緒　論 …… 1
　第一節　研究動機與目的 …… 1
　第二節　研究範圍、方法與步驟 …… 3
　第三節　前人研究成果 …… 5
　第四節　假借義界 …… 7
第二章　無本字的假借 …… 13
　第一節　專名的假借 …… 14
　　一、人名的假借 …… 14
　　二、地名的假借 …… 34

三、族名的假借 …… 43
四、族徽的假借 …… 45
五、王號與朝代的假借 …… 46
六、祭祀名與水名的假借 …… 48
七、天干地支的假借 …… 49
八、單位與方位之假借 …… 53
九、數詞之假借 …… 55
第二節　虛詞的假借 …… 56
一、連詞 …… 57
二、介詞 …… 61
三、助詞 …… 66
四、歎詞 …… 75
第三章　有本字的假借（上） …… 79
第一節　兩字單通 …… 80
第四章　有本字的假借（下） …… 139
第一節　二字互通 …… 139
第二節　單通群字 …… 141
第三節　群通一字 …… 151
第四節　隔字相通 …… 158
第五節　群字混通 …… 160
第五章　通假字之偏旁分析 …… 165
第一節　有相同偏旁者 …… 165
一、以另一字爲偏旁，並作爲聲符者 …… 166
二、以另一字爲偏旁，並作爲形符者 …… 173
三、二字之偏旁同爲聲符者 …… 174
四、二字之偏旁同爲形符者 …… 177
第二節　無相同偏旁者 …… 179
第六章　結　論 …… 187
第一節　研究成果總結 …… 187
第二節　未來研究上之展望 …… 196
參考書目 …… 199
附　表

表一：人名假借字表……14
表二：地名假借字表……34
表三：族名假借字表……43
表四：族徽隸定假借字表……45
表五：王號與朝代假借字表……46
表六：祭祀名與水名假借字表……48
表七：天干地支假借字表……49
表八：單位與方位假借字表……53
表九：數詞假借字表……55
表十：西周金文連詞使用字表……57
表十一：西周金文介詞使用字表……62
表十二：西周金文助詞使用字表……67
表十三：西周金文歎詞假借字表……75
表十四：西周金文兩字單通字例一覽表……80
表十五：西周金文單通群字字例一覽表……141
表十六：西周金文群通一字字例一覽表……151
表十七：西周金文通假字以另一字爲偏旁，並作爲聲符者字例一覽表……166
表十八：西周金文通假字二字之偏旁同爲聲符者字例一覽表……174
表十九：西周金文通假字二字之偏旁同爲形符者字例一覽表……177
表二十：西周金文通假字無相同偏旁之字例一覽表……179
表二十一：西周金文通假字借字與被借字之通假條件整理表……188
表二十二：西周金文通假字音同字使用字例表……194
表二十三：西周金文通假字雙聲字使用字例表……195
表二十四：西周金文通假字疊韻字使用字例表……195
表二十五：西周金文通假字其他音韻條件使用字例表……196
下　冊
附　錄
附錄一：西周銘文索引字表……209
附錄二：主要著錄資料分期整理資料表……405
附錄三：三家韻部對照及其擬音表……429
附錄四：西周金文通假字索引字表……431

第八、九、十冊　戰國文字構形研究

作者簡介

作者／陳立

學歷／國立臺灣大學文學博士

現職／國立高雄師範大學國文系

提　要

本書旨在討論戰國時期文字的構形特色，以及不同時期的文字形構變化，與不同地域的材料之差異，並利用出土的墓葬資料，或是器物上所記載的歷史事件、人物名稱等線索，將出土的戰國文字材料分爲楚、晉、齊、燕、秦等五個系統，其下再細分爲銅器、簡牘帛書、璽印、貨幣、陶器、玉石等，予以斷代。由於戰國文字異形的現象十分嚴重，爲了探究文字變化的原因，依序觀察、討論文字形構的變易情形，並且透過甲骨文、金文等相關資料，與戰國文字作一比較，分析其間文字的演變，以及戰國五系文字的形體差異，並且找出形構之增繁、省減、異化、訛變、類化、合文的因素，知曉五系文字的特色。

目　次

上　冊

凡　例

第一章　緒　論……1

　第一節　研究之目的……1

　第二節　研究材料與方法……5

　第三節　前人研究概況……8

　第四節　章節述要……27

第二章　戰國文字材料概述……29

　第一節　前言……29

　第二節　楚系出土材料之斷代分期……30

　第三節　晉系出土材料之斷代分期……60

　第四節　齊系出土材料之斷代分期……77

　第五節　燕系出土材料之斷代分期……81

　第六節　秦系出土材料之斷代分期……84

　第七節　小結……92

第三章　形體結構增繁分析……95

第一節　前言……95
第二節　增添鳥形……97
第三節　增添飾筆……110
第四節　重複偏旁、部件……184
第五節　增添無義偏旁……189
第六節　增添標義偏旁……199
第七節　增添標音偏旁……217
第八節　小結……232
第四章　形體結構省減分析……235
第一節　前言……235
第二節　筆畫省減……236
第三節　邊線借用……249
第四節　部件省減……252
第五節　同形省減……260
第六節　剪裁省減……268
第七節　義符省減……282
第八節　聲符省減……293
第九節　小結……305
中　冊
第五章　形體結構異化分析……307
第一節　前言……307
第二節　偏旁位置的異化……310
第三節　筆畫形體的異化……343
第四節　形近形符互代的異化……367
第五節　非形義近同之形符互代的異化……370
第六節　義近形符互代的異化……381
第七節　聲符互代的異化……410
第八節　小結……419
第六章　形體結構訛變分析……423
第一節　前言……423
第二節　形近而訛者……426
第三節　誤分形體者……438

第四節　誤合形體者……447
第五節　筆畫延伸者……451
第六節　其他原因……454
第七節　小結……463
第七章　形體結構類化分析……465
第一節　前言……465
第二節　自體類化……467
第三節　集體類化……470
第四節　小結……499
第八章　形體結構合文分析……501
第一節　前言……501
第二節　不省筆合文……503
第三節　共用筆畫省筆合文……548
第四節　共用偏旁省筆合文……553
第五節　借用部件省筆合文……556
第六節　刪減偏旁省筆合文……560
第七節　包孕合書省筆合文……575
第八節　小結……597
下　冊
第九章　戰國文字異時異域關係考……601
第一節　前言……601
第二節　戰國與春秋文字的比較……602
第三節　戰國文字分域結構的比較……608
第四節　王國維東西土說商榷……623
第五節　小結……645
第十章　結　論……647
第一節　戰國文字變易原則……647
第二節　戰國五系文字的異同……652
第三節　戰國文字的特質……657
第四節　戰國文字的價值……660
參考書目……663
附錄：戰國出土文字材料表……695

第十一冊　上博楚簡〈孔子詩論〉文字研究

作者簡介

趙苑夙，民國六十八年（1979）出生，臺灣中興大學中文研究所碩士，現爲中興大學中文研究所博士候選人，兼任東海大學中文系講師，以戰國楚簡爲主要研究方向，師承林清源教授。曾任中央研究院歷史語言研究所「先秦金文簡牘詞彙資料庫」、「殷周金文暨青銅器資料庫」、「甲骨文數位典藏計畫」及資訊科學研究所「典藏系統支援及工具開發計畫」助理，並參與「國際電腦漢字及異體字知識庫」建置，編有《Unicode 電腦漢字及異體字研究附字典》（執行編輯）。

提　要

本論文爲筆者之碩士學位論文，撰成於 2004 年，以《上海博物館藏戰國楚竹書（一）》所載〈孔子詩論〉爲主要研究對象，對其作者、分組、編聯、文字考釋，及〈孔子詩論〉在《詩經》學和文字學上的學術價值皆有所討論。

筆者認爲上博簡〈孔子詩論〉和〈子羔〉、〈魯邦大旱〉當屬同一卷內不同的三篇，且〈孔子詩論〉之滿寫簡和留白簡形制截然二分，當分開討論。至於簡序編排，此前研究成果豐碩，但仍有可商之處。在簡文釋讀考辨部分，依〈孔子詩論〉自身的評詩方式略分爲「總論」、「〈宛丘〉組」、「〈關雎〉組」、「〈木瓜〉組」和其餘單篇詩評及不確定詩評，並參酌毛《詩》詩目排序。

由於〈孔子詩論〉部分簡文內容可與傳世本《詩經》篇名、詩句對應，故有助於解決和發現某些古文字形問題。如〈漢廣〉寫作「灘」，可知《說文》:「漢，從水，難省聲」無誤，不需從段玉裁「堇聲」或朱駿聲「暵省聲」之說。此外如「邍」字的省變，「肙」、「兔」、「象」三旁的訛混，皆可由篇名〈(宛)丘〉、〈少(小)(宛)〉的簡文字形窺得一二。本篇楚竹書的出現對於《詩經》學至少有以下助益：一、對傳世本《詩經》因傳抄及錯簡造成的訛誤有所提示；二、稍解千百年來的《詩》義之爭；三、可供觀察詩句異文及篇名異稱。惜因其簡體多有殘泐，部分文字釋讀及評詩意旨無法確定，仍待更多出土材料證成。

目　次

凡　例
第一章　緒　論……1
　第一節　研究動機……1
　第二節　研究方法與章節架構……3
　第三節　相關研究論著評述……3

第四節　〈孔子詩論〉的作者和定名 …… 6
第二章　〈孔子詩論〉的簡冊復原問題 …… 9
第一節　〈孔子詩論〉和〈子羔〉、〈魯邦大旱〉的關係 …… 9
第二節　〈孔子詩論〉留白簡的意義 …… 11
第三節　〈孔子詩論〉的簡序和分組 …… 17
第四節　全篇釋文 …… 22
一、留白簡釋文 …… 22
二、滿寫簡釋文 …… 23
第三章　〈孔子詩論〉留白簡的釋讀 …… 29
第一節　總論《風》、《雅》、《頌》 …… 29
一、平德、平門 …… 29
二、與賤民而豫之 …… 39
三、民之有慼怨也——附論簡 5「有成功者何如」 …… 45
四、「其樂安而遲」、「其歌伸而易」、「其思深而遠」 …… 56
五、多言難而怨懟者也 …… 68
六、邦風其內物也——附論「隹能夫」 …… 74
第二節　單篇詩評 …… 83
一、《周頌・清廟》 …… 83
二、《大雅・皇矣》 …… 87
三、《周頌・烈文》 …… 97
四、《周頌・昊天有成命》 …… 99
第四章　〈孔子詩論〉滿寫簡釋讀考辨 …… 101
第一節　〈宛丘〉組 …… 101
一、《國風・陳風・宛丘》 …… 101
二、《國風・齊風・猗嗟》 …… 105
三、《國風・曹風・鳲鳩》 …… 106
四、《大雅・文王之什・文王》 …… 108
第二節　〈關雎〉組 …… 108
一、《國風・周南・關雎》 …… 108
二、《國風・周南・樛木》 …… 126
三、《國風・周南・漢廣》 …… 132
四、《國風・周南・鵲巢》 …… 140

五、《國風・召南・甘棠》……147
六、《國風・邶風・綠衣》……155
七、《國風・邶風・燕燕》……157
八、童而皆䛐於丌初者也……159
第三節 〈木瓜〉組……166
一、《國風・邶風・北門》……166
二、《國風・衛風・木瓜》……173
三、《國風・唐風・有杕之杜》……188
第四節 評論《國風》詩篇……198
一、《國風・周南・葛覃》……198
二、《國風・唐風・蟋蟀》……205
三、《國風・周南・螽斯》……206
四、《國風・邶風・北風》、《國風・鄭風・子衿》……209
五、《國風・鄭風・褰裳》、《國風・齊風・著》……212
六、《國風・唐風・葛生》……216
七、《國風・齊風・東方未明》……218
八、《國風・鄭風・將仲子》……219
九、《國風・王風・揚之水》……219
十、《國風・王風・采葛》……222
十一、《國風・周南・兔罝》……223
十二、《國風・王風・兔爰》……224
十三、《國風・邶風・柏舟》……225
十四、《國風・檜風・隰有萇楚》……227
十五、《國風・鄘風・牆有茨》……230
第五節 評論《小雅》詩篇者……233
一、《小雅・谷風之什・無將大車》……233
二、《小雅・南有嘉魚之什・湛露》……235
三、《小雅・節南山之什・十月》……237
四、《小雅・節南山之什・雨無正》、《小雅・節南山之什・節南山》……240
五、《小雅・節南山之什・小旻》……242
六、《小雅・節南山之什・小宛》……245
七、《小雅・節南山之什・小弁》、《小雅・節南山之什・巧言》……253

八、《小雅・鹿鳴之什・伐木》……262
九、《小雅・鹿鳴之什・天保》……265
十、《小雅・鴻雁之什・祈父》……270
十一、《小雅・鴻雁之什・黃鳥》……272
十二、《小雅・南有嘉魚之什・菁菁者莪》……280
十三、《小雅・甫田之什・裳裳者華》……281
十四、《小雅・鹿鳴之什・鹿鳴》……283
十五、《小雅・甫田之什・大田》、《小雅・谷風之什・小明》……287
十六、《小雅・谷風之什・蓼莪》……288
十七、《小雅・甫田之什・青蠅》……289
第六節　不確定所評何詩者……290
一、浴風悥……290
二、腸=少人……292
三、亞而不廈……293
四、卷而不智人……295
五、河水智……297
六、行此者其有不王乎……299
七、[illegible]亡隱志樂亡隱情文亡隱[illegible]……300
第五章　〈孔子詩論〉在學術上的價值……313
第一節　糾正《詩經》文字傳抄的訛誤及錯簡……313
一、傳抄的訛誤……313
二、提示傳抄過程中的錯簡……314
第二節　稍解千百年來說《詩》學者的《詩》義之爭……315
一、進一步認識孔子對《詩》的看法……315
二、理解《詩經》原義……316
三、否定「漢人竄雜淫詩」之說……318
第三節　可供觀察《詩》句異文及篇名異稱……319
一、詩句異文……319
二、篇名異稱……320
第四節　有助於字形之分析理解……323
一、《說文》對「漢」字之分析無誤……323
二、「邍」字在楚簡中的簡化和訛變……323

三、「肙」旁與「兔」、「象」二旁的訛混 …… 324
書刊簡稱對照表 …… 325
釋字檢索 …… 327
徵引書目 …… 329

第十二、十三冊　中古佛經完成動詞之研究

作者簡介

曾昱夫

學歷：淡江大學中國文學系畢業
國立臺灣大學中國文學研究所碩士
國立中正大學中國文學研究所博士

現職：淡江大學中國文學系助理教授

學術專長：聲韻學、語言學、歷史語法學

著作：《戰國楚地簡帛音韻研究》與〈論《說文解字》從"今"諧聲系列之上古音聲母構擬〉、〈論中古佛經「已」字語法功能之發展與演變〉等論文。

提　要

在漢語語法史的研究裏，對現代漢語完成貌來源、發展與演變機制等體貌範疇的研究，一直是學術界關注的重點。當中雖然也有學者針對中古時期完成貌句式進行探討，然而大多數的焦點，仍然側重在「了」字從近代到現代漢語的發展。就漢語表達完成貌的語法形式而言，中古時期產生了「動＋賓＋完成動詞」之完成貌句式，因此想要切確掌握漢語完成貌的演變脈絡，就必須弄清整個東漢魏晉南北朝時期完成動詞的使用情形。由於佛經語料保留較多中古時期口語現象，故本論文以「中古佛經完成動詞之研究」爲題，希望透過對中古佛經完成動詞的分析，探論漢語中古時期完成貌句式的來源與演變。

本論文分析中古佛經之完成動詞，致力於討論以下幾個核心議題：

一、釐析完成動詞「畢」、「訖」、「竟」、「已」在中古佛經裏的語法功能與性質。

二、經由佛經語料與中土文獻的比較，探討漢語中古完成貌句式的來源。

三、分析完成動詞「畢」、「訖」、「竟」、「已」在漢語中古時期的發展與演變機制。

本論文架構及各章節的安排如下：

第一章「前言」，首要介紹本論文的研究動機、研究範圍、過去研究概況、語

料擇別、研究方法與步驟等內容。

第二章敘述本論文語法研究的理論基礎，就「完成動詞」的定義及它與時間體系的關係、語法化演變的相關機制等概念，加以簡要說明。

第三章至第六章分別就「畢」、「訖」、「竟」、「已」等字在中古漢譯佛經中的各種用法，進行詳盡的描述。藉由佛經文獻裏例句的歸納，分析「畢」、「訖」、「竟」、「已」等字在佛經中的詞義、詞性及語法功能。

第七章觀察漢譯佛經中「已畢」、「已訖」、「已竟」、「畢已」、「訖已」、「竟已」、「畢訖」、「訖竟」等雙音節連文形式，以及「已畢竟」、「已畢訖」等三音節連文形式，探討它們是否已構成雙音節或三音節複合詞的語法成分，以及它們之間內部結構的語法關係。

第八章歸納、分析完成動詞在中土文獻裏的語法功能，並進一步比較完成動詞在佛經與中土文獻兩種不同語料中的使用情形。對於「畢」、「訖」、「竟」、「已」的語法性質與來源問題做初步討論。

第九章從「詞彙」與「句法」的角度切入，綜合比較完成動詞「畢」、「訖」、「竟」、「已」之間的差異，並探討完成貌句式在中古時期的來源、演變與發展。

第十章「結論」，針對前面第三至第九章各議題的探討，總結本論文的研究成果。

目　次

上　冊

第一章　前　言 …… 1
1.1　研究動機與目的 …… 1
1.2　前人研究成果 …… 5
1.3　研究材料與範圍 …… 8
1.4　研究方法與步驟 …… 10
第二章　完成動詞之理論基礎 …… 13
2.1　完成動詞之定義 …… 13
2.2　完成動詞與時間體系 …… 15
2.3　完成動詞與語法化理論 …… 20
第三章　中古佛經「畢」之語法功能與演變 …… 27
3.1　完成動詞「畢」 …… 28
3.2　「畢」之其他語法功能 …… 42
3.3　小結 …… 45

第四章　中古佛經「訖」之語法功能與演變……49
4.1　完成動詞「訖」……49
4.2　「訖」之其他語法功能……65
4.3　小結……66
第五章　中古佛經「竟」之語法功能與演變……69
5.1　完成動詞「竟」……69
5.2　「竟」之其他語法功能……101
5.3　小結……107
第六章　中古佛經「已」之語法功能與演變……113
6.1　完成動詞「已」……114
6.1.1　「已」單獨位於動詞之後……114
6.1.2　「已」附於句子形式之後……126
6.1.3　其他語境之動詞「已」……160
6.2　「已」之其他語法功能……163
6.3　佛經之「既」與「已」……165
6.4　小結……171
下　冊
第七章　中古佛經完成動詞之連文形式……181
7.1　「已」與「畢」、「訖」、「竟」連文……183
7.1.1　「已畢／畢已」、「已竟／竟已」、「已訖／訖已」……183
7.1.2　「已」與「以」通用……202
7.2　「畢」、「訖」、「竟」連文……206
7.2.1　「畢竟」……208
7.2.2　「畢訖」……211
7.2.3　「訖竟」……213
7.2.4　「畢」、「訖」、「竟」連文之詞序……215
7.3　「已」、「畢」、「訖」、「竟」三音節連文……219
7.4　小結……222
第八章　中土文獻之「畢」、「訖」、「竟」、「已」……225
8.1　完成動詞「畢、訖、竟、已」……226
8.1.1　「畢」……226
8.1.2　「訖」……232

8.1.3 「竟」 …… 239
8.1.4 「已」 …… 243
8.2 「畢、訖、竟、已」之其他語法功能 …… 248
8.2.1 「畢」之其他語法功能 …… 248
8.2.2 「訖」之其他語法功能 …… 249
8.2.3 「竟」之其他語法功能 …… 250
8.2.4 「已」之其他語法功能 …… 252
8.3 小結 …… 256
第九章 「完成動詞」與「完成貌句式」 …… 261
9.1 完成動詞「畢」、「訖」、「竟」、「已」之比較 …… 263
9.1.1 「畢」、「訖」、「竟」、「已」之語義 …… 263
9.1.2 「畢」、「訖」、「竟」、「已」之語法功能 …… 276
9.2 中古完成貌句式之來源與演變 …… 283
9.2.1 中古完成貌句式之來源 …… 283
9.2.2 中古完成貌句式之發展與演變 …… 298
9.3 小結 …… 301
第十章 結 論 …… 309
10.1 中古佛經完成貌句式之來源 …… 309
10.2 中古佛經完成動詞之語法化等級 …… 310
10.3 中古佛經完成動詞之演變機制 …… 313
10.4 中古佛經完成動詞之連文形式 …… 315
參考書目 …… 317
附錄：東漢魏晉南北朝漢譯佛經節選目錄 …… 339

第十四冊 常用合體字小篆結構研究

作者簡介

連蔚勤，台灣彰化人。東吳大學中文系文學博士，現為東吳大學中文系兼任助理教授、高中國文教師。主要研究領域為文字學，博士論文為《秦漢篆文形體比較研究》，另有單篇論文〈泰山、瑯琊臺刻石與《說文》篆形探析〉、〈兩漢前期刻石篆形探析〉、〈《說文》會意字釋形用語與義之所重探究〉等。另以文學、書法為次要研究領域。文學、教學方面發表有單篇論文〈明應王殿「忠都秀」戲曲壁畫再探〉、〈漢字在國中國文教學之實務體驗〉等；書法則已獲國內外獎項一百有餘

（五次全國首獎），作文曾獲東吳大學文言文作文比賽三度第一名，台北市國語文競賽社會組亦獲獎項。

提　要

本論文共分爲五個章節。第一章爲緒論，主要論述研究動機、目的、範圍、方法等，以及概述前人在文字學、字形結構、書法結體等方面的著作，以便對本論文之寫作與資料之掌握有一初步之了解。

第二章則分析了常用合體字小篆之結構。首先討論中國文字的方形特色，以及由甲骨文以來，歷代各種書體結構的探討，以便對各種書體的結構有所了解。其次則以表列的方式，分別分析了《說文》和大徐本裡小篆之結構，並以此二表開啓以下之論述。接著再分別以六書中之象形、指事、會意、形聲四種造字法與結構分類交叉討論，析爲象形、指事、會意、形聲四節，分別討論造字法與結構之間的關係，並於各種類型中舉出字例加以說明。本章屬於小篆之間的橫向比較。

第三章將小篆之組字結構與組合數，分別與中國歷代各種書體做比對。中國歷代各種書體之特色不盡相同，將上一章中分析所得之數據，在本章中與其餘各種書體做比對，可以略爲了解中國文字結構的分合過程及遞嬗軌跡。本章屬於小篆與其它書體之間的縱向比較。有了橫向與縱向之比較，本論文便同時具備了深度與廣度。

第四章則談論小篆結構分析之價值。由文字學、書法教學、國語文教學與電腦字形四方面來說明，分別提出本論文在此四項領域中之功用，以及未來之發展潛力，以提供各領域之研究者努力之方向。第五章則總結前文，歸納爲四點加以說明。

目　次

第一章　緒　論……1
　第一節　研究動機與目的……1
　第二節　研究範圍與方法……8
　第三節　前人有關文字結構研究結果概述……12
第二章　常用合體字小篆結構析論……21
　第一節　中國文字之方形特色……21
　第二節　書體結構之探討……27
　第三節　常用合體字小篆結構類別……36
　第四節　象形組字結構釋例……174

第五節　指事組字結構釋例……179
第六節　會意組字結構釋例……182
第七節　形聲組字結構釋例……189
第三章　《說文》小篆與今古文字書體之比較……197
第一節　與古文字之比較……197
第二節　與隸書、楷書之比較……211
第四章　小篆結構研究之價值……229
第一節　文字學上之價值……230
第二節　書法教學上之價值……233
第三節　國文教學上之價值……239
第四節　電腦字形上之價值……244
第五章　結　論……247
參考書目……251

第十五冊　唐蘭古文字學研究

作者簡介

王若嫻，中國文化大學中文博士，空軍軍官學校通識教育中心社科組助理教授。任職環球科技大學期間，以「中文鑑賞與應用」、「國文」榮獲 962、971 與 972 教育部優質通識教育課程計畫績優課程，及第三屆全國傑出通識教育教師獎。著有《梁武帝蕭衍與梁代文風之研究》、《溫馨的愛——現代親情散文選》(與蕭水順教授合著)。另有〈試論梁武帝與梁代儒學之振興〉、〈試論唐甄《潛書》中的夫婦倫常觀〉、〈醫護科系國文課程設計的另一面向——以《孝經》第一章、第十八章融入課程設計爲例〉、〈經典閱讀融入大一國文之設計與實踐〉等。

提　要

本論文內容共分五章，首章「緒論」，說明研究動機、研究範圍與研究方法，並述及唐蘭生平與治學態度、學術研究成果。第二章「唐蘭的文字學理論」，探討唐蘭對文字學範圍的劃分，以窺其對古文字學範圍的重新釐定，再據以探索唐蘭「三書六技」說、「自然分類法」的理論與應用，並評述其文字構造理論的得失，以及對文字構造理論的影響。第三章「唐蘭考釋古文字之方法理論與檢討」，首先考索唐氏考釋古文字方法的觀點，並歸納其考釋古文字的四個方法、六條規律，再追溯其古文字考釋方法的承傳，藉以檢視其考釋古文字的成就及得失。第四章

「唐蘭對青銅器銘文斷代的研究」，探索其主張青銅器分期斷代的重要性，並歸納其所主張青銅器斷代的方法，以作為檢視唐蘭對青銅器銘文斷代方法的檢討。第五章「結論」，總括唐蘭古文字學之研究，並由兩個不同面向評定唐蘭古文字研究的成果：一為重視研究的理論，二為重視研究的方法，又以本研究內容為起點，引申六點未來研究展望，以作為後續研究的參酌。末附有圖表、附錄「唐蘭著述目錄編年」及參考書目等。

目 次

第一章　緒　論 …… 1
　第一節　研究動機、研究範圍與研究方法 …… 1
　第二節　唐蘭的生平與治學態度 …… 3
　　壹、唐蘭的生平 …… 3
　　貳、唐蘭的治學態度 …… 8
　第三節　唐蘭學術研究成果 …… 13
　　壹、文字學構造理論 …… 13
　　貳、考釋古文字的方法理論 …… 14
　　參、聲韻學研究的成果 …… 15
　　肆、青銅器銘文斷代的研究成果 …… 15
　　伍、應用古文字學 …… 17
第二章　唐蘭的文字學理論 …… 19
　第一節　通　論 …… 19
　　壹、文字學範圍的劃分 …… 19
　　貳、古文字學範圍的重新釐定 …… 21
　　參、古文字學的應用 …… 21
　　肆、唐蘭三書說的根基 …… 23
　第二節　唐蘭對六書的檢討 …… 25
　　壹、六書理論 …… 25
　　貳、唐蘭對傳統六書缺失的檢討 …… 26
　第三節　唐蘭的文字構造理論述論 …… 30
　　壹、唐蘭的文字構造理論 …… 31
　　　一、三書理論 …… 31
　　　二、三書間的區別 …… 35
　　　三、文字演化理論 …… 36

四、三書的應用——自然分類法 …… 41
貳、文字構造理論的檢討 …… 45
一、三書、六技的本源 …… 45
二、指事字的安排 …… 49
三、形聲字產生的商榷 …… 51
四、轉注、假借的處理 …… 52
五、自然分類法的檢討 …… 54
參、文字構造理論的影響 …… 57
第三章　唐蘭考釋古文字之方法理論與檢討 …… 61
第一節　通　論 …… 61
壹、由文字形體入手考證 …… 61
貳、古文字形體難以辨認之原因及補救之道 …… 62
參、研究古文字學者的六條規律 …… 63
肆、唐蘭古文字考釋方法的承傳 …… 64
第二節　唐蘭考釋古文字之理論與釋字檢討 …… 66
壹、對照法或比較法 …… 67
一、比較法理論及釋字例 …… 67
1、釋羽字 …… 68
2、釋朮字 …… 69
3、釋𦉼字 …… 70
4、釋保字 …… 71
5、釋朝字 …… 72
6、釋巫字 …… 73
二、釋字商榷例 …… 74
1、釋良字 …… 74
2、釋還字 …… 75
3、釋旬字 …… 77
貳、推勘法 …… 78
1、釋璞字 …… 80
2、釋𪓑字 …… 81
3、釋稻字 …… 82
4、釋禽字 …… 83

5、釋冥字……84
6、釋叀字……85
參、偏旁分析法……89
一、偏旁分析法理論及釋字例……89
1、釋定字……91
2、釋䰕字……91
3、釋驪字……92
4、釋䮾字……93
5、釋尋字……93
二、釋字商榷例……94
1、釋[illegible]字與釋[illegible]字……95
2、釋逸字……96
3、釋牽字……97
肆、歷史考證法……99
一、偏旁分析法與歷史考證法相參輔……99
二、歷史考證法的理論與釋字例……100
（一）字形演變的規律……101
（二）字形通轉的規律……102
1、釋㱿字……104
2、釋帚字……105
3、釋南字……106
三、釋字商榷例……107
1、釋[illegible]字……107
2、釋[illegible]字……108
3、釋[illegible]字……110
4、釋死字……112
伍、以音求字……114
一、一聲之轉……114
（一）一聲之轉理論與釋字商榷例……114
1、釋爽字……116
2、釋聞字……117
3、釋固字……118

4、釋訊字 …… 119
5、釋禽字 …… 120
6、釋良字 …… 120
二、以象意字聲化釋字 …… 123
（一）象意字聲化理論及釋字例 …… 123
1、釋家字 …… 124
2、釋㱿字 …… 125
（二）釋字商榷例 …… 125
1、釋[illegible]字 …… 126
2、釋[illegible]字 …… 126
3、釋[illegible]字 …… 127
4、釋[illegible]字 …… 128
5、釋興字 …… 129
第三節　小結 …… 131
第四章　唐蘭對青銅器銘文斷代的研究 …… 137
第一節　通　論 …… 137
壹、青銅器銘文的分期斷代 …… 137
貳、青銅器銘文斷代的方法 …… 138
參、各家青銅器銘文的斷代 …… 139
肆、唐蘭銅器銘文斷代的觀念 …… 141
第二節　唐蘭青銅器銘文斷代的方法與檢討 …… 144
一、人名之繫聯 …… 145
（一）人物 …… 145
（二）稱謂 …… 149
二、戰事的繫聯 …… 150
三、專名的繫聯 …… 151
（一）王號 …… 151
（二）康宮 …… 152
（三）新邑 …… 153
四、慣語 …… 154
（一）王才庠 …… 154
（二）上医 …… 154

（三）畯臣天子……155
五、賞賜物……155
六、族徽……156
七、文字……157
（一）文字的考釋……157
（二）字形之演變……160
八、書法……161
九、器型、紋飾……162
十、出土坑位……164
第三節　小結……165
第五章　結　論……169
圖　表……173
附錄　唐蘭著述目錄編年……179
參考書目……189

第十六冊　司馬相如賦篇之音韻風格研究

作者簡介

丁憶如，嘉義人，國立台灣大學中文系學士（2001～2005年），國立政治大學中文系碩士（2005～2008年），現就讀國立政治大學中文系博士班。碩論題目爲《司馬相如賦篇之音韻風格研究》，發表過的文章有〈王〈洞簫賦〉聲韻風格淺析〉、〈從《詩經》的基本形式論其音韻風格研究法〉、〈論《閨秀詩評》到《名媛詩歸》的轉折意義〉、〈忠愛隨地施：潘德輿《養一齋詩話》的論詩特質〉等。

提　要

西漢賦篇幅閎大，詞藻名物也十分博雜；加以上古音與現代語音迥然不同，遂使讀者難以領受作品爲「朗誦」而設計的音韻之美。因此，本文舉司馬相如賦爲例，採取「語言風格學（Stylistics）」的概念，歸納、統計常用的聲母、韻部和聲調，期以具體證據說明西漢賦「極聲貌以窮文」（見劉勰：《文心雕龍・詮賦第八》（台北：河洛圖書出版社，1976 年），頁 50。）的音韻特徵，並藉由賦篇音值的構擬，呈現其朗誦時音韻和諧、對比的表現。

西漢賦篇幅閎大，詞藻名物也十分博雜；加以上古音與現代語音迥然不同，遂使讀者難以領受作品爲「朗誦」而設計的音韻之美。因此，本文舉司馬相如賦爲例，採取「語言風格學（Stylistics）」的概念，歸納、統計常用的聲母、韻部和聲調，期以具體證據說明西漢賦「極聲貌以窮文」（見劉勰：《文心雕龍・詮賦第八》（台北：河洛圖書出版社，1976 年），頁 50。）的音韻特徵，並藉由賦篇音值的構擬，呈現其朗誦時音韻和諧、對比的表現。

西漢賦多為「言語侍從之臣」娛侍君上的作品，相較之下，抒情色彩則較淡薄。在當時最顯明的特色，實為「出乎口」而「快乎耳」。賦篇形式多排偶，可分析其音韻搭配的關係，故本文檢索唐作藩《上古音手冊》，求得各字之聲韻調類，再以李方桂、丁邦新的上古聲母和西漢韻部擬音為標注依據，分別在四章中整理且歸納其聲母、韻部及聲調，乃至「重疊形式（reduplicated form）」（此詞見於周法高：《中國古代語法構詞篇》（中研院史語所專刊之三十九，1962 年），頁 97。）的音韻特徵。

本文第一章交代研究動機、方法及範圍，並整理前人研究成果；第二章就「聲母相諧的排偶句」、「頂眞的聲母複沓」兩項，整理相如賦相關的例子數及其比例，接著在第三章根據韻腳的通押關係，歸納「韻部相諧的虛字排比句」「韻部相諧的排偶句」「陽入聲韻搭配的排偶句」的例子；第四章則整理聲調複沓或對比的排偶句，突顯相如賦既相諧又對比的音韻搭配。第五章比較相如賦雙聲、疊韻、疊字三種的音韻特徵，此外亦於各章小結製表比較七篇賦的異同。最後，在結論和〈附錄一〉以具體擬音，呈現其朗誦實況，並指出本文價值、研究限制和可繼續發展的相關議題。

目　次

第一章　緒　論 …… 1

第一節　研究動機 …… 1

第二節　「語言風格學」義界概述 …… 4

第三節　研究方法 …… 8

一、音韻標注的依據 …… 9

二、音韻相諧的判準 …… 10

第四節　研究範圍 …… 18

第五節　前人研究成果 …… 22

第六節　本文組織架構 …… 25

第二章　相如賦聲母表現的音韻風格 …… 33

第一節　上古單聲母的特徵 …… 34

一、李方桂的上古單聲母擬音 …… 34

二、聲母間的諧音關係 …… 36

第二節　聲母相諧的排偶句……37
一、首字相諧現象……39
二、三角結構的聲母相諧……45
三、其他聲母相諧的排偶句……57
第三節　頂眞的聲母複沓……68
第四節　小結……81
一、排偶句聲母相諧的音韻特色……81
二、聲母頂眞的音韻特色……84
第三章　相如賦韻部表現的音韻風格……87
第一節　西漢韻部的特徵……87
一、丁邦新的西漢擬音……88
二、西漢蜀郡音的各部關係……89
第二節　相如賦篇的用韻……93
一、相如賦的用韻概況……93
二、七篇賦韻腳的音韻特徵……115
第三節　韻部相諧的虛字排比句……118
一、騷體賦的排比句……120
二、散體賦的排比句……125
第四節　韻部相諧的排偶句……134
一、陰聲韻……134
二、陰入通押……141
三、入聲通押……142
四、陽聲通押……145
五、兩種以上的韻部相諧……152
第五節　陽入聲韻搭配的排偶句……156
一、主要元音和韻尾發音部位相同……157
二、主要元音相同，韻尾發音部位不同……161
三、主要元音相異，韻尾發音部位相同……165
四、主要元音和韻尾發音部位皆異……171
第六節　小結……185
第四章　相如賦聲調表現的音韻風格……189
第一節　上古聲調的特徵……189

第二節　聲調複沓的排偶句 …… 191
一、一種聲調的複沓 …… 191
二、兩種聲調的複沓 …… 205
三、三種以上聲調的複沓 …… 215
第三節　聲調對比的排偶句 …… 218
一、兩種聲調的對比 …… 218
二、三種以上聲調對比 …… 235
第四節　小結 …… 238
第五章　相如賦疊字及雙聲疊韻現象 …… 241
第一節　「重疊形式（reduplicated form）」的特徵 …… 241
第二節　相如賦的雙聲現象 …… 242
一、聯緜詞的雙聲現象 …… 243
二、複合詞或詞組的雙聲現象 …… 248
三、其他相鄰兩字的雙聲現象 …… 254
第三節　相如賦的疊韻現象 …… 263
一、聯緜詞的疊韻現象 …… 263
二、複合詞或詞組的疊韻現象 …… 273
三、其他相鄰兩字的疊韻現象 …… 280
第四節　相如賦的疊字現象 …… 290
第五節　小結 …… 295
第六章　結　論 …… 299
第一節　西漢賦的論述特徵 …… 300
第二節　相如音韻設計的要點 …… 303
一、相如賦音韻統計的兩層意義 …… 303
二、聲母多採喉牙音「見溪群曉匣影」 …… 305
三、韻部多爲陰聲韻「之幽宵魚」 …… 307
四、聲調多用平聲字 …… 309
五、「疊音形式」多屬疊韻 …… 310
第三節　相如賦的朗誦效果 …… 312
第四節　本文檢討與研究展望 …… 314
附錄　〈長門賦〉全文擬音表 …… 319
參考書目舉要 …… 337

表格目次

表 1-1 〈相如賦篇名及字數、句數統計表〉……22
表 2-1 〈李方桂上古單聲母擬音簡表〉……35
表 2-2 〈排偶句聲母相諧的發音部位統計表〉……67
表 2-3 〈頂眞聲母的發音部位統計表〉……81
表 2-4 〈相如賦排偶句的聲母相諧比較表〉……82
表 2-5 〈相如賦的聲母頂眞比較表〉……84
表 3-1 〈丁邦新西漢擬音簡表〉……88
表 3-2 〈相如賦韻腳的音韻特徵統計表〉……116
表 3-3 〈相如賦虛字韻部表〉……118
表 3-4 〈相如賦虛字排比句統計表〉……133
表 3-5 〈排偶句的音韻特徵統計表〉……155
表 3-6 〈陽入聲韻的排偶韻部統計表〉……184
表 3-7 〈相如賦押韻及換韻頻率比較表〉……186
表 4-1 〈排偶句的聲調複沓統計表〉……217
表 4-2 〈排偶句的聲調對比統計表〉……237
表 4-3 〈相如賦常用虛字或副詞聲調表〉……238
表 4-4 〈相如賦韻腳聲調表〉……239
表 5-1 〈雙聲現象的發音部位統計表〉……261
表 5-2 〈疊韻現象的發音部位統計表〉……287
表 5-3 〈疊字現象的發音部位統計表〉……294
表 5-4 〈相如賦的雙聲現象比較表〉……295
表 5-5 〈相如賦的疊韻現象比較表〉……296
表 5-6 〈相如賦的疊字現象比較表〉……297
表 6-1 〈相如賦聲母風格比較表〉……306
表 6-2 〈相如賦韻部風格比較表〉……308
表 6-3 〈相如賦聲調風格比較表〉……310
表 6-4 〈相如賦疊音形式比較表〉……311

第十七冊　玄應音義的音系及其方音現象

作者簡介

吳敬琳，台中市人，1979 年生。於國立高雄師範大學國文系取得學士學位，國立彰化師範大學國文所取得碩士學位，現職新竹市立三民國中國文科教師。攻讀碩士班三年內曾發表七篇論文，分是：〈晉語「嵌 l 詞」與「帶 l 複聲母」之探究〉、〈從《法華經》密咒看中古舌音之分化〉、〈踐仁與盡忠——論史上中國刺客與日本武士之異同〉、〈〈伯夷列傳〉句讀間音韻的對稱規律〉、〈玄應音系為關東音考——從韻母系統考察〉，以及〈漢語方言「虹」字音讀的來源與發展〉與〈玄應音義的方言分區再議——論周法高先生「玄應書中的方言區域」〉，末二篇於 2009 年、2010 年先後獲全國大專生聲韻學優秀論文獎碩士生組第二名。

提　要

圖補苴前賢論點的疏漏。

就玄應音系觀之，前賢從玄應注音的依據判斷玄應所操音系的性質，大別兩種論點：一是認為玄應注音引自古籍，充其量顯示古籍音系，與玄應本身無涉；二是主張玄應注音根據實際語音，該時音正反映玄應自身的音系。前者徵引說的論述多見偏隅，支持的學者不多，主因是玄應注音雖部分徵引古籍音切，但不足表示全書音系即古籍音系。後者時音說為多數學者接受，筆者亦同意該說，不過，前賢多以高僧久居的駐錫地論斷玄應注音的依據是初唐長安音，並進而推論玄應音系性質亦當如此，此等論述恐怕尚有可議處，試想玄應生平史載未詳，不明里籍、語音習成之所，僅知久居長安，至於何時駐錫，是否足以左右其語音習成尚未可知，竊以為，注音依據的方音可以受當時通語影響而移易，但一個人的語音基礎卻和其語音習成之所密不可分，當時長安貴為國都，以長安音為全國通用標準音乃勢之必然，加上玄應久居長安，熟稔長安音並取之作為標注字音的依據是相當合理的，但如何斷定玄應注音的依據即為玄應的語音基礎？在不明高僧語音習成之所的情況下，應該將玄應注音與音系分別探討，前者從高僧注音的形式判斷其注音多取向關中音，即長安音，後者針對玄應音系中的聲母與韻母系統考察，採韻系為主，聲系為輔的處理方式，首先確立韻系的南北屬性，其次聚焦韻目分合的特徵，取時代相當的詩人用韻與梵漢對音所得的韻目析合互資比較，得玄應的語音基礎為關東音，最後再以玄應聲系反映的語音特徵驗證自韻系考察的結果，發現無論玄應聲系或韻系都一致指向關東地區的語音特徵，與玄應注音取向不同，證實筆者的假設。

就書中方音現象來看，前賢多指出方音間音韻地位的差異，甚少說明造成方音歧異的原因為何，唯徐時儀從上古同源與否的觀點切入，可惜徐氏著重詞彙方面的討論，對語音的探究不夠完整與深入。為了尋究書中的方音現象，首先查索玄應使用的區域名稱，以掌握方言分區的基本架構，得玄應分區以關西、山東、江南三大地域爲基幹，各自下轄或多或少的區域名稱。其次全面翻檢摘錄書中歧異的方音，除了描寫方音音韻上的不同外，更進一步尋索造成方音歧異的原因，察得的原因有十，方音歧異分別來自辨別字義、地域不同、文字假借、歷史音變、歷史層次不同、語流音變、書音俗音不同、經師別讀、聲符類化，以及開合口訛讀等十種不同因素。值得一提，書中方音乃玄應所記，討論方音現象的同時，勢必以玄應音系性質爲憑據，因此，前一議題研究的結果等於是替後一議題的進行奠定基礎，二者息息相關。

目　次

第一章　緒　論 …… 1
　第一節　研究動機 …… 4
　第二節　文獻探討 …… 5
　第三節　研究方法 …… 34
第二章　玄應注音體例之確立 …… 41
　第一節　玄應注音的通則 …… 41
　第二節　辨識方音的方法 …… 48
第三章　玄應音系之確立 …… 53
　第一節　玄應注音的取向 …… 54
　第二節　確立玄應韻系所屬的南北地域 …… 65
　第三節　尋索玄應韻組的分布範圍 …… 79
　第四節　從玄應聲系驗證音系的隸屬 …… 100
　第五節　提出「注音有主從、音系屬關東」的論點 …… 106
第四章　玄應音義中的方音現象 …… 109
　第一節　書中的區域名稱 …… 109
　第二節　玄應音義中方音的歧異現象 …… 121
　第三節　造成方音歧異的原因 …… 206
第五章　結　論 …… 213
附　錄　玄應使用的區域名稱 …… 219
徵引文獻 …… 237
圖次、表次
　圖 3-1　支獨用、脂之同用的詩人里籍與朝代 …… 86
　圖 3-2　覃獨用、談獨用的詩人里籍與朝代 …… 88
　圖 3-3　青獨用的詩人里籍與朝代 …… 93

表 3-1　曹憲、顏師古、玄應韻系果假遇三攝的比較 …… 69
表 3-2　曹憲、顏師古、玄應韻系蟹攝的比較 …… 69
表 3-3　曹憲、顏師古、玄應韻系止效流三攝的比較 …… 71
表 3-4　曹憲、顏師古、玄應韻系咸深二攝的比較 …… 72
表 3-5　曹憲、顏師古、玄應韻系山臻二攝的比較 …… 73
表 3-6　曹憲、顏師古、玄應韻系江宕梗三攝的比較 …… 75
表 3-7　丁鋒統計曹憲韻系梗攝韻目混切的比例 …… 77
表 3-8　曹憲、顏師古、玄應韻系曾通二攝的比較 …… 78
表 3-9　支獨用、脂之同用的南北朝晚期詩人 …… 83
表 3-10　支獨用、脂之同用的隋代詩人 …… 84
表 3-11　支獨用、脂之同用的初唐詩人 …… 85
表 3-12　覃獨用的初唐詩人 …… 87
表 3-13　青獨用的南北朝晚期詩人 …… 90
表 3-14　青獨用的隋代詩人 …… 91
表 3-15　青獨用的初唐詩人 …… 92
表 3-16　顏師古、玄應與長安、洛陽韻組的比較 …… 98
表 3-17　曹憲、顏師古、玄應聲系差異的簡表 …… 103
表 3-18　玄奘對譯梵語唇音所用漢字的聲類統計 …… 104
表 3-19　玄應對譯梵語唇音所用漢字的聲類統計 …… 105
表 3-20　玄奘與玄應對譯梵語唇音所用漢語輕重唇字的比例 …… 105
圖 4-1　玄應的方言區域圖 …… 115
圖 4-2　玄應區域用語位置圖 …… 120
圖 4-3　唐宋蜀地蔗、竹生產分布圖 …… 147
表 4-1　玄應書中區域名稱互用例 …… 113
表 4-2　古籍與玄應使用的區域名稱 …… 116
表 4-3　徵引自古籍的區域名稱 …… 116
表 4-4　玄應使用的區域名稱隸屬南方者 …… 117
表 4-5　玄應使用的區域名稱隸屬北方者 …… 118
表 4-6　玄應使用的區域名稱隸屬山東者 …… 119
表 4-7　玄應使用的區域名稱隸屬關西者 …… 119
表 4-8　玄奘用全濁漢字對譯清音梵語一覽表 …… 125
表 4-9　「螋」字於韻書中的形音義配置 …… 135

表 4-10　廈門韻母✲e✲與海口韻母✲ue✲的對應情形 …… 141
表 4-11　利津方言中古陰聲韻字今讀入聲調者 …… 142
表 4-12　「厭」字於古籍中音、義的搭配情形 …… 144
表 4-13　西漢至北宋蜀地文人-m、-n 混押情形 …… 147
表 4-14　吳方言 a 元音演變的歷程 …… 156
表 4-15　吳音二等韻主元音為 e 的聲母拼合條件 …… 157
表 4-16　玄應及其前後百年間各家音系莊章組的分合 …… 160
表 4-17　《廣韻》從兆聲的字之聲母配置 …… 164
表 4-18　從兆聲的字於宵、蕭及其相承韻的分布 …… 165
表 4-19　「鞘、韒」二字音、義分用的情況 …… 166
表 4-20　今日揚州效攝三四等韻字的音值 …… 167
表 4-21　現代溫州話咍韻及其相承韻的白讀音 …… 172
表 4-22　現代溫州話泰韻開口字的白讀音 …… 173
表 4-23　現代方言歌哿箇韻讀 ai 者 …… 173
表 4-24　梅縣、廣州、陽江、潮州、福州開口泰韻字的白讀音 …… 174
表 4-25　梅縣、廣州、陽江、潮州、福州韻讀 ai 所搭配的中古聲類 …… 175
表 4-26　廈門、潮州中古疑母今讀擦音的例字 …… 177
表 4-27　屋一韻、覺韻於中古以前隸屬的韻部 …… 179
表 4-28　中古長安方言東三、鍾韻的分混情形 …… 181
表 4-29　「疼」字於現代方言的分布範圍 …… 185
表 4-30　登開韻、東一韻的唇音字在官話方言的分合 …… 186
表 4-31　登開韻、東一冬韻的舌音字在官話方言的分合 …… 187
表 4-32　登開韻、東一冬韻的齒音字在官話方言的分合 …… 187
表 4-33　登韻、東一韻的牙喉音字在官話方言的分合 …… 188
表 4-34　登開韻、東一韻的唇音字在吳、湘、贛語的分合 …… 189
表 4-35　閩地梗攝四等舒聲韻的韻值 …… 196
表 4-36　廈門曾攝字文白讀韻值的分配 …… 197
表 4-37　福州曾攝字文白讀韻值的分配 …… 198
表 4-38　建甌曾攝字文白讀韻值的分配 …… 198
表 4-39　福州、建甌梗攝二等韻的白讀韻值為 a✩的例字 …… 199
表 4-40　廈門、建甌曾、梗攝入聲字的白讀韻值相同者 …… 200
表 4-41　吳語「挑」字的音讀與義項 …… 203

第十八冊　朱翱反切新考

作者簡介

張慧美

東海大學中國文學博士（1996年元月）

曾專任於國立中正大學

現爲國立彰化師範大學國文學系專任教授

曾主講語言學概論、語音史、聲韻學、訓詁學、教學語言藝術、古音學研究、聲韻學與國文教學專題研究、音韻學專題研究、詞彙學研究、語言風格學研究等課程。

1988年於《大陸雜誌》發表〈朱翱反切中的重紐問題〉，並陸續於學報、期刊發表有關「上古音」、「中古音」、「現代音」、「語言風格學」等方面之論文四十餘篇。

提　要

清公大昕跋徐氏說文繫傳說：

「大徐本用孫愐反切，此本則用朱翱反切。」

朱翱反切和大徐本的反切不大相同。徐鉉用的是孫愐唐韻的反切，和今本廣韻的反切大致相同。朱翱獨不遵用唐韻，也許是他根據當時實際語音而作反切，因此這便是語音史的重要資料，值得仔細研究。

本論文由第一章之導論起，接著就是第二章評張世祿，王力兩家對朱翱反切聲類畫分之得失，確定了聲類之分合，而寫成第三章朱翱反切聲類考；接著就是第四章評張世祿，王力兩家對朱翱反切韻類畫分之得失，確定了韻類的分合，而寫成第五章朱翱反切韻類考。第六章裏則討論了朱翱反切中的重紐問題，文中對於重紐A、B類在音值上的區別，有詳細的探討，並且主張重紐A類聲母顎化，而B類則否。在第七章結語中，我利用一些有關的文獻記載，與現代吳語方言的演變情形，結論是朱翱反切所代表的音韻系統是一種南方方言，很可能是一種吳語方言，而金陵一帶方言在當時可能是屬於吳語方言，很可能就是朱翱反切的根據。

目　次

第一章　導　論 …… 1

　一、朱翱簡介 …… 1

　二、說文解字繫傳的版本問題 …… 2

　三、前人研究之成果 …… 3

四、本文寫作的過程與方法 …… 5
第二章　評張世祿、王力兩家對朱翺反切聲類畫分之得失 …… 7
第一節　張世祿、王力兩家聲類畫分之異同 …… 7
一、張世祿分為三十四母 …… 7
二、王力分為三十五母 …… 9
第二節　兩家分類之得失 …… 9
一、張是王非 …… 9
（一）從邪當分 …… 9
二、張非王是 …… 11
（一）照二照三當分 …… 11
（二）穿三、穿二當分 …… 13
（三）審二審三當分 …… 14
（四）匣喻當混 …… 16
三、喻三、喻四是否當合？ …… 20
第三節　結　語 …… 23
第三章　朱翺反切聲類考 …… 25
凡　例 …… 25
第一節　喉　音 …… 26
第二節　牙　音 …… 32
第三節　舌　音 …… 35
一、舌頭音 …… 35
二、舌上音 …… 38
三、半舌音 …… 39
第四節　齒　音 …… 40
一、齒頭音 …… 40
二、正齒二等 …… 44
三、正齒三等 …… 46
四、半齒音 …… 48
第五節　唇　音 …… 48
一、重唇音 …… 48
二、輕唇音 …… 52
第四章　評張世祿、王力兩家對朱翺反切韻類畫分之得失 …… 55

第一節　張世祿、王力兩家對韻類畫分之異同 …… 55
一、張世祿之分法 …… 55
二、王力之分法 …… 56
第二節　兩家分類之得失 …… 57
一、張是王非 …… 57
（一）東冬、鍾應分韻 …… 57
（二）支脂之微應分開，合口 …… 59
（三）資思不需獨立成一韻 …… 65
（四）魚、虞、模應分韻 …… 68
（五）眞諄臻欣、文應分韻 …… 73
（六）魂、痕應分韻 …… 75
（七）刪、山應分韻 …… 77
（八）先仙、元應分韻 …… 78
（九）庚耕、清青應分韻 …… 81
（十）蒸、登應分韻 …… 82
（十一）蕭、宵應分韻 …… 84
（十二）塩添、咸銜嚴凡應分韻 …… 86
（十三）咸銜嚴凡應分韻 …… 88
（十四）尤、幽應分韻 …… 91
二、張、王兩家韻類畫分之檢討 …… 92
（一）張、王皆是者 …… 92
1. 東冬應合韻 …… 92
2. 東一東三不分 …… 95
3. 支脂之微應合韻 …… 97
4. 泰韻不分開合口 …… 106
5. 眞諄臻欣不分韻 …… 106
6. 先仙應合韻 …… 111
7. 先仙不分開合口 …… 115
8. 歌戈應合韻 …… 119
9. 麻二麻三不分 …… 121
10. 麻韻不分開合口 …… 123
11. 陽唐應合韻 …… 125

12. 庚二耕應合韻 …… 129
13. 庚二耕、庚三不分開合口 …… 131
14. 清青應合韻 …… 133
15. 鹽添應合韻 …… 137
（二）張、王皆非者 …… 139
1. 霽、祭應分韻 …… 139
2. 元韻的去聲、入聲應分開合口 …… 140
3. 庚二、庚三應分 …… 142
4. 尤、侯應分韻 …… 144
第三節　結　語 …… 147
第五章　朱翺反切韻類考 …… 151
凡　例 …… 151
第一節　通　攝 …… 152
第二節　江　攝 …… 156
第三節　止　攝 …… 157
第四節　遇　攝 …… 161
第五節　蟹　攝 …… 165
第六節　臻　攝 …… 171
第七節　山　攝 …… 176
第八節　效　攝 …… 186
第九節　果　攝 …… 190
第十節　假　攝 …… 191
第十一節　宕　攝 …… 193
第十二節　梗　攝 …… 196
第十三節　曾　攝 …… 200
第十四節　流　攝 …… 203
第十五節　深　攝 …… 205
第十六節　咸　攝 …… 207
第六章　朱翺反切中的重紐問題 …… 213
第一節　何謂重紐 …… 213
一、重紐的定義 …… 213
二、重紐出現在那些韻 …… 213

三、重紐 A、B 類互不用作反切上字 214
第二節　朱翺重唇、牙、喉音之重紐反切研究 215
一、朱翺重紐小韻及其同音字群 215
二、A、B 類用作反切上字及被切字之研究 215
第三節　結語——重紐 A、B 類的語音區別爲何在聲母？ 245
第七章　結　語 255
附錄一：大徐本竄入小徐本之字 261
附錄二：朱翺反切上字表 271
附錄三：朱翺反切下字表 275
參考書目 283

「口」「嘴」「首」「頭」詞義演變的研究
——兼論漢語詞義的演變

侯雪娟　著

作者簡介

侯雪娟，大學畢業於東海大學中國文學系，後就讀東海大學中文研究所，碩士論文指導教授爲方師鐸教授。研究所畢業後，任職於吳鳳工專（現爲吳鳳科技大學）共同科國文教師並先後兼任事務組長、註冊組長、總務主任；民國 77 年 8 月，轉任甫創校之親民工專（今之亞太創意技術學院）共同科國文教師並兼任註冊組長、總務主任，至 80 年 8 月離開親民工專。民國 80 年 9 月起，任職於大葉大學，除了開授國文領域相關課程外，亦兼任行政職務，並以在職進修方式，攻讀逢甲大學中文系博士班，博士論文指導教授爲李威熊博士；目前爲通識教育中心副教授兼總務長、主任秘書。

提　要

漢語詞彙的意義錯綜複雜。一個詞，往往具有多個意義。一般人的觀念只有：有這個意思，也有那個意思。至於爲什麼會有這個意思，有那個意思？在什麼年代用法怎樣？在歷史中如何發展？則極其模糊。也因爲概念模糊，在閱讀古籍，甚至日常交談，遭到不少挫折。

本篇論文以四個漢字「口」「嘴」「首」「頭」爲研究對象。先探討其字形，由字形確定本義，再由本義找出字義的引申發展及引申發展的途徑。由字到詞，由字義到詞義，歸納我們的語料，呈現這四個字在歷代被使用的情況。

呈現這四個字在歷代被使用的情況後，我們分「詞彙內在涵義」及「詞彙外在型態」兩部分來對漢語詞彙演變現象作一觀察。前者重在探討詞義的種類、組合及演變；後者則重在詞彙外表的改變。

對漢語詞彙意義演變的研究，本篇論文只是一個小小的試而已。

目次

第一章　緒　論……………………………………………1
　第一節　主旨與立場……………………………………1
　第二節　例證的選用……………………………………3
　第三節　語料來源………………………………………4
第二章　本論文所注重的基本詞彙……………………5
　第一節　字和詞的錯綜關係……………………………5
　第二節　詞和詞素的交替現象…………………………9
第三章　例證一:「口」與「嘴」…………………………13
　第一節　「口」字的字義………………………………13
　第二節　「口」字詞義的歷史發展……………………16
　第三節　「嘴」字的來源——與「觜」「咮」「噣」
　　　　　「啄」「喙」的關係……………………………34
　第四節　「嘴」字的字義發展…………………………36
　第五節　「嘴」字詞義的發展…………………………41
　第六節　「口」、「嘴」二字詞義發展的參差………42
第四章　例證二:「首」與「頭」…………………………43
　第一節　「首」字的字形………………………………43
　第二節　「首」字的字義………………………………44
　第三節　「首」字詞義的發展…………………………45
　第四節　「頭」字的字形………………………………54
　第五節　「頭」字的字義………………………………55
　第六節　「頭」字詞義的發展…………………………58
　第七節　「首」、「頭」二字詞義發展的參差………69
第五章　由例證看詞彙內在涵義的演變………………71
　第一節　詞義的種類……………………………………71
　第二節　詞義的組合……………………………………77
　第三節　詞義的演變……………………………………80
　第四節　詞義的多義性和詞義的演變………………83
第六章　由例證看詞彙外在型態的發展………………85
　第一節　從單音詞到複音詞……………………………85
　第二節　語詞的替換……………………………………88
　第三節　字數的增減……………………………………89
　第四節　文言與白話……………………………………90
第七章　結　語……………………………………………93
參考引用書目………………………………………………95

第一章　緒　論

第一節　主旨與立場

語言本身的構造很複雜，對它的研究大致可分爲：語音、詞彙、語法三個部分。在這三個部份中，詞彙的改變最大，變動也最爲快速。而「詞彙」究竟是什麼呢？依趙元任先生的說法，「詞彙」有廣狹二義：〔註1〕

1. 狹義的詞彙是指一個語言中所包括的最後的意義單位，無論是獨立的還是不獨立的，整個成一系列的詞素；這個全體就叫做「詞彙」，英文叫「Lexicon」。
2. 廣義的詞彙裡頭，不但包括狹義的詞彙，並且還包括：凡是意義的結合不等於結合的意義的複詞。此複詞是詞素與詞素連接而成的。

由此可知，「詞彙」的研究與詞彙的意義即詞義連在一起。

在古代，研究詞義之學，就是所謂的「訓詁學」。「訓詁學」似乎並未成爲一門獨立的學科，訓詁的方法和理論也一直未能系統的建立起來。訓詁萌芽甚早：兩漢在秦火之後對古籍的整理與註解，雖造成訓詁的勃興，卻使訓詁臣服於經學之下，淪爲附庸，一直到清代，訓詁都只是一種「通經」的工具，研究

〔註 1〕《語言問題》第四講。

古書的字、詞彙，第一個辦法都拿《說文解字》來衡量，這種衡量是孤立的、零碎的，今天，受科學的影響，這種以《說文解字》衡量字義、詞義的作法應該改變；生物學上有：世上沒有兩片葉子是相同的，同樣的，漢語中也不會有兩個字、兩個詞彙發展路線相同。在事實上，訓詁確定字義、詞義的工作不能放棄，但是訓詁學應該從經學附庸的地位走出來，拓展它自己的天地有系統的建立訓詁的理論與方法。清代以來，已有不少學者在古代語義的訓解工作中，有了相當卓越的成就。近代更有許多學者對訓詁學提出了新的看法和主張〔註2〕，其中王力的〈新訓詁學〉〔註3〕是個典型的代表：

> 所謂「新訓詁學」就是語言學中的「語義」之學，他的範圍大致和舊的訓詁學相當，可是在治學方法上，兩者都有很大的差異。……至於「新訓詁學」的研究語義，首先要有歷史觀念，研究每一語義產生和死亡的時期。其次研究語義的演變，考究他的擴大、縮小，和轉移等變化。〔註4〕

這也就是說明：訓詁學應該致力於研究詞義的演變及每一詞義的歷史，不該再局限在「通經」的路途上打轉。

造成詞義演變的因素很多，而時間、空間是最重要的因素。我們要尋找詞義演變的軌迹，就必須對詞義作一番立體的觀察，先確定這個字、詞的時空座標，即在某一時間、空間中，它的詞義是什麼？在另一個時空中，它的詞義又是什麼？如此觀察，我們才有資格談到演變（包括擴大、縮小、轉移）。假若我們只是含糊籠統的說「本來是這樣，後來變成那樣」或「古代是什麼，現代是什麼」，我們無法談詞義，更不必談詞義的轉變了，因此，了解每一詞義的歷史，討論詞義的變遷，是訓詁學的重要課題，而終極目標是要作出一部漢語詞義演變史。

這篇論文，即從詞義演變爲主的角度，以四個漢字，從字到詞，探討他們詞義演變發展的過程。

〔註2〕如周法高，〈中國訓詁學發凡〉，《中國語文研究》，頁58～81；方師鐸，〈訓詁學的新構想〉，《東海學報》第二十一卷，頁25～43；張以仁，〈訓詁學的舊業與新猷〉，《中國語文學論集》，頁1～20。

〔註3〕見《開明書店二十周年紀念文集》，頁173～188。

〔註4〕見《史語所集刊》第三十六本，民國54年12月。

第二節　例證的選用

這篇論文以四個漢字，分為二組，作為研究主題，四個字二組分別是：（一）口、嘴；（二）首、頭。為什麼要選這四個字呢？因為這四個字所指稱的是每一個人身體上的器官，由它所造成的詞，與日常生活有密切的關係；而且這四個屬於基本詞彙〔註5〕，全民通用，意思固定，較少因地不同所帶來的問題。

詞彙的發展演變，時間是重要因素，研究詞彙的演變過程，必須先澄清時間座標。基本詞彙穩固性較強，故雖變動較慢，我們仍以一個朝代、一個朝代探討其演變。先一個朝代，一個朝代排列，然後總括於三個時期中，此三個時期乃就漢語史上詞彙大發展而論：〔註6〕

第一次：戰國以前。由於鐵器的運用，生產的發展所造成的經濟繁榮，促成新詞的大量產生。由於商業發達，各國人民交往頻繁，使得各地方言能夠互相交流和融合，漢語的詞彙，也就因之而大大地豐富起來。

第二次：兩漢。在這時期，對內：國家統一、強盛，而且做了不少語言文字的整理工作（出現第一部詞典：《爾雅》，第一部方言詞典：《方言》，與第一部字典：《說文解字》等）。對外：向西域吸收了一批新詞。因此，造成戰國以後的又一次詞彙的大發展。

〔註5〕就基本詞彙的特性（見第二章第三節）而言，「首」字在現在似乎不能屬於基本詞彙，在本篇論文中，我們仍然以基本詞彙的立場，把它與「口」「嘴」「頭」放在一起討論。儘管「首」字現在不是基本詞彙，但過去是。從古代文獻看來，「首」字是基本詞彙，它曾風光過一陣子，只是現在已沒落罷了。由此可知，基本詞彙會隨時間的經過而改變。「口」「嘴」等現在雖然還是屬於基本詞彙，但有誰能肯定它們永遠是基本詞彙？說不定一、二百年甚至幾十年後，它們的命運與「首」字一樣不是屬於基本詞彙了。語言是發展的，不斷的往前進，我們站在現在的立場，清算過去，但也應指向未來。不要執著於一點上。

〔註6〕總的說來，自古迄今，漢語史上的詞彙大發展一共有四次，除文中所論三次外，另有第四次：鴉片戰爭以後。和前三次比較，第四次最不光彩，是在落後招致挨打的情況下，接受了外來數量很大的一批新詞。因此，第四次詞彙的大發展，幾乎完全建立在接受外來語的基礎上，外來語不外乎是譯詞與借詞，基本詞及由基本詞所形成的詞彙，每個民族的語言都有，用不著向外借，故外來語所能影響於基本詞也就微乎其微了。也因此漢語史上第四次的詞彙大發展，在此不論。

第三次：唐代。在南北朝長期分裂以後，國家重新統一，國勢強盛。當時也做了不少語言文字的整理工作，並注意發展與國外的文化交流。向國外接受了一批數量不少的新詞。因此，造成了兩漢以後的再一次詞彙的大發展。

對於詞彙出現時代的判斷，以該詞彙所從出的古籍爲依據，而古籍的年代，又以作者所處的年代爲準；如果古籍完成年代或作者所處的時代，歷來曾引起討論，則以《僞書通考》〔註7〕所討論最後可疑年代，以最大的時限，做爲判斷詞彙出現時間的根據。如《周禮》，依《僞書通考》，判爲漢代所作，因此，《周禮》所從出的詞彙，我們就把它放在漢代了。

第三節　語料來源

如上一節所言，一個朝代、一個朝代的羅列詞彙，以盡可能展現由這四個字所形成的詞彙在各朝代的全貌；因此，最理想的情況是先每個朝代搜集相關性質的書（如史書），再從這些相關性質的書中找語料；這是理想，事實上，限於時間，不可能徧觀每一朝代的書，即使有「引得」之類的工具書可尋找語料，但限于取材的範圍——人體器官，有些書可能或根本不涉及有關人體器官的內容。

既然如此，只好退而求其次，從第二手資料——字典或辭典著手。但是該以那一部字典或辭典爲尋找語料的對象？翻閱市面上的字典、辭典，我們會發現，《中文大辭典》對於一個字，字義的分類，及由字所形成的詞的數量，要比其他同類字典、辭典來得多且完整。因此，語料的來源，就以《中文大辭典》〔註8〕爲主；某一詞彙出現於字典或辭典上，表示其被使用的程度有一可信度，由這些比較常被使用的詞彙，觀察詞彙使用上的演變。當然，如果以《中文大辭典》所羅列的字義來考查詞義，是被動的，我們希望是主動，主動的由所尋找來的語料，分析詞義。

〔註7〕康有爲，《僞書通考》，盤庚出版社，民國72年12月。

〔註8〕《中文大辭典》，中華學術院，民國71年8月六版。

第二章　本論文所注重的基本詞彙

第一節　字和詞的錯綜關係

漢朝許慎作《說文解字》一書，共收了九千三百五十三個漢字，這是中國字書的創舉，到了宋朝陳彭年等作《廣韻》，按韻部分類，把兩萬多個字統屬於二〇六韻〔註1〕。清朝張玉書等編《康熙字典》已經增加到四萬多個漢字了〔註2〕。這些著作，不論是按部首分類或按韻部排列，他們都記載了字形，除《說文》外，用反切的方法寫下了字音，同時還一個個地把「字義」解釋出來。似乎漢語中的字和詞取著統一諧和的步驟，他們之間沒有什麼隔閡與差異，因此，一般人認為「字」是有形、有音、有義的語言符號，它們可以獨立地自由運用，於是「字」和「詞」就混淆不清了。嚴格說來，構成一個漢字，只需要有形體、有音節，至於意義，並不含在必備的條件之內，字，是記錄語言的符號，一個漢字代表一個音節〔註3〕，它是語音的單位，也是書寫的單位。當字達到了表示意思的時候，它已經由字搖身而變詞了〔註4〕。陸志韋《北京

〔註1〕見劉葉秋著，《中國古代的字典》，頁136。《廣韻》收字兩萬六千一百九十四個。

〔註2〕見《中國古代的字典》，頁51。《康熙字典》共收四萬七千零三十五個字。

〔註3〕只有少數例外，如「浬」、「瓩」。

〔註4〕有些單字雖有固定的意義，但不能單獨說，例如：「每年」、「每回」、「每人」的「每」字。

話單音詞詞彙》〔註5〕一書中，對字有一合理的解釋：

> 一個字只有一個形象。凡是能夠互相通用的符號，比如「並」跟「并」,「雍」跟「剃」，都是不同的字。
>
> 在同一種方言裡或讀音系統裡，一個字只有一個讀法。一個形象，在同一個讀音系統裡要是能讀出兩個以上的聲音來的，每一個讀法代表一個字。例如「夾」讀陰平又讀陽平，都是不同的字。

由此可知,「字」是符號，不必研究那符號代表一個或幾個意思，當然，字的形象，我們可以按照造字的原則加以分解，字的讀音，也可以把它拆爲聲母、韻母和聲調，但那已進入文字學和語音學的領域了。

說到「詞」的定義，就不像「字」那般單純了，歷來的語言學家都有各自不同的見解。詞彙學的對象，自然是「詞」，爲了要對詞作深入一層的探討，爲了要對詞作一清楚的交待，不妨先把各家對詞的理論加以引敘：

（一）董同龢先生

董先生以「句」爲本位去認識詞，詞是語句的基本形式，他把詞稱爲「語式」：

> 凡是語句，都有他們的基本形式，可以簡稱爲語式。我們說：語式具有一定的音，指一定的事物，不過主要的是要和某個型的句調互相配合，才能成爲實際的語句。〔註6〕
>
> 一個語式可以是由兩個較小的語式構成的，同時，他又可以和別一個語式去構成一個更大的語式。(《語言學大綱》，頁87)
>
> 我們可以把語式分作兩類：(1)凡是可以單獨去形成自然語的……都是自由語式。(2)凡必須有別的語式同伴才能去形成自然語的……都是附著語式。(《語言學大綱》，頁88)
>
> 單語就是語式中的最小單位，也是語言中具有一定意義的音的組合的最小的單位，名語位。(《語言學大綱》，頁91)
>
> 單語可以是自由語，也可以是附著語。(《語言學大綱》，頁91)

〔註5〕陸志韋著,《北京話單音詞詞彙》，政大國際關係研究中心。

〔註6〕見董同龢著,《語言學大綱》，頁86。

把語句中的語調抽掉，就是董先生所謂的語式，他舉例：「鐘停了」是語式，「鐘」「停」「停了」也是語式。他是就語式而立論，而不是就「詞」立論。這是由於他的語法理論是以句爲本位，語句才是語言最小單位。

（二）趙元任先生

趙先生將詞彙分爲廣狹二義，這是前面我們討論過的。此外《語言問題》，頁 46 又說：

> 那麼這些詞有的再分可分成詞素，可是詞素再分就分成無意義的音位了。

不論是狹義的也好，廣義的也好，他對詞的辨別，是以意義爲出發點，最後的意義單位，就叫做詞彙，不管是能獨立運用，或不能獨立運用。用意義來判斷詞會遇到相當多的困擾趙先生也感覺到：

> 所以利用意義啊，在語言上，至少一直到現在，在語言學家工作的經驗上，只有在很有限的條件之下可以用。其中比較最有辦法的用意義的法子，就是只管意義的異同，不管什麼意義。……多大一個單位算一個詞，這個你要拿意義做單位啊，也是很難決定的。……如果看詞本身怎麼樣，就是看能不能獨立，能不能單獨運用。（《語言問題》，頁 46）

趙先生認爲「有意義，能獨立運用」的是「詞」。

（三）王力先生

王力先生《中國語法理論》一書，認爲詞就等於英文的 word，但辨別國語的詞的界限，卻遠較英語等來得不易，他給詞下了一個簡單的定義：

> 語言中的最小意義單位。（《中國語法理論》上冊，頁 18）

這個定義，王先生亦不敢說是完全的，至少，對中國語言而論，應該是較好的。因爲：

> 「意義」本身就缺乏一種公認的定義。有些語言學家以爲只有「理解成分」是有意義的，「語法成分」是沒有意義的，所以語法成分如代名詞否定詞連詞介詞之類，不能認爲獨立的詞。另有一些語言學家卻以爲凡「自由形式」都可認爲詞：名詞、形容詞、動詞之類固

> 然是詞，代名詞、否定詞、連詞、介詞之類也該認爲詞。另有那些「黏附形式」如英語 kindness 中的-ness，雖也有其意義，卻不能算爲詞。我們雖比較地贊成後一派的說法，但我們對於他們的詞的定義還不能完全同意。因爲他們以爲詞是可以單獨成句的，所謂自由形式，就是可以自由地表達一個意思的形式。這種說法，對於西洋語言，已經有幾分勉強，對於中國語言，就更爲不妥當了，例如「嗎」字，它既能表示疑問，自然可以說是有意義的。這種意義，我們可稱爲語法上的意義。然而它是不能單獨成句的，它不是自由形式。假使咱們以「最小的自由形式」爲詞的定義，勢必否認「嗎」「呢」之類有詞的資格。(《中國語法理論》，頁 18～19)

以上徵引了董同龢、趙元任、王力三位先生對詞的看法。董先生是以句爲本位去認識詞；趙、王二先生是就意義單位來辨別詞。本篇論文對於詞的界限，是偏向於後者。當然，趙、王二先生的定義，並不完全一致，差別在於趙先生是以「有意義的，能獨立運用的」爲準的；王先生是以「語言的最小意義單位」爲依歸。從能不能獨立運用這一小歧異上，牽出了實詞和虛詞的大問題。就虛詞而言，古時候所謂「詞」是「虛字」的意思。就實詞而言，是語言單位的名稱。王力先生明白表示，實詞是詞，虛詞亦是不折不扣的詞，若拿「獨立運用」爲必備條件去辨別詞，徒然把虛詞摒棄於詞的領域之外。所以說詞是語言的最小意義單位——不管是實在的意義，或是語法上的意義，純粹拿「意義」去判定這是「詞」，那不是「詞」，基本上滿足了「實詞」和「虛詞」的傳統分類法，然而卻泯滅了「詞」和「詞素」的差異了。「詞素」才是語言的最小意義單位。明乎此，我們可以總結字和詞：

字是文字最小的獨立運用單位，詞是語言最小的獨立運用單位〔註 7〕。有時候一個字是一個詞，有時候要兩個字以上組合起來才成一個詞。如本篇論文中用以舉例的詞彙。反過來說，一個詞可能只有一個字，也可能不只一個字；有單字成詞，有雙字或雙字以上成詞——多音詞。在日常談話，以單字詞爲主，即使用多字詞，其中單字之意思，也還在說話的人的腦中活著。這也是探討詞，

〔註 7〕見呂叔湘著，〈語法學習〉，引見《中國語文》1957 年 1 月號，亦引見楊柳橋，〈漢語語法中字和詞的問題〉。

需從詞彙及詞義中求取之因了。

第二節　詞和詞素的交替現象

前文說過：

詞是最小的、有意義的，能夠獨立運用的語言單位。而詞素呢？

詞素是最小的、有意義的，但不能獨立運用的語言單位。

詞和詞素在定義上有明顯的區別，但它們之間並非絕對隔絕的，往往有交替的現象。從漢語發展的歷史看來，上古是以單音節爲詞的主要形態，到了中古複音詞逐漸增加，近代的《國語》更是以複音詞爲佔優勢了〔註8〕。以前說：

口　目　牙　耳

現在卻要說：

嘴巴　眼睛　牙齒　耳朵

正因爲單音詞大量邁向複音詞的路子，所以過去是貨眞價實的詞，現在卻只是構成詞的一部份——詞素了。

詞和詞素另一種交替現象，產生在構詞過程之中。某些實詞素能單獨自立爲詞，但在構成新詞時，它們擔任了詞素的地位。本篇論文中用來當例證的口、嘴二字，本來皆可獨立成詞，後來構造新詞時，就退居詞素位置了。詞素的性質可分爲：

1. 實詞素：口、嘴、目、眼、面、臉、首、頭（陽平）。
2. 虛詞素：頭（輕聲）。

此外，有一類：非詞素，例如：玻璃、葡萄、枇杷，單獨一個「玻」字、「璃」字，是以音爲主，字形都不穩固，更不代表任何含意，結合之後，這兩個音節只代表一個單純的意思，而且只有一種結合的方法，古人將之稱爲「聯緜詞」或「謰語」。有些訓詁學家不明白聯緜詞結構的原理，硬要把兩個音節的非詞素拆開來解釋，說「美心爲窈，美色爲窕」，正如今人要將「印度」、「尼龍」逐字分解，同樣要鬧笑話的。

〔註8〕參《漢語文言語法綱要》，頁22。

本篇論文以基本詞彙爲開始研究對象，因此，我們必須談談基本詞彙。

基本詞彙是每個語言全體詞彙中的基本骨幹，靠了這些骨幹，才衍生出數以萬計的詞語來。漢語中的基本詞彙情況究竟怎樣？那些詞屬於基本詞彙，那些詞不屬於基本詞彙，可以說還未有深入的研究，得出圓滿的結論。由基本詞的靈活搭配，然後衍生出無數的「孳乳詞」，這是語言學家的理論，但分析基本詞，遠不似科學家從水中取氫和氧那樣便利。想要一分完整的基本詞彙，先要瞭解古今語言的演變，和細密的地氈式的語言調查，這些工作，在中國只是起步階段，還需要相當時日的努力。基本詞彙在性質上是有異於「孳乳詞」，它是比較單純，具有原始性，和日常生活非常密切，而且它必須具備下列三個條件：

1. 人人都懂：基本詞彙是日常生活表意中最基本的詞彙，並不因爲年齡的差異，教育程度的高下和階級環境的不同，而影響到彼此的了解。也可以說基本詞彙是極其普及的，凡操同一種系統的語言，就使用同一系統的基本詞彙。
2. 意思確定：基本詞富於穩固性，壽命長，意思的轉變也不大。
3. 有構造新詞的能力：基本詞彙可以和其他的詞或詞素結合產生許多新詞來，以「頭」爲例：

頭髮　頭皮　頭頂　頭腦　頭等　頭一回　梳頭　剃頭　工頭

等。漢語的基本詞彙富於穩固性，許多已經有幾千年或幾百年的歷史，自古至今仍然保持原來的面目；但我們要注意，時間長並不是造成基本詞的主要條件。在穩固之中，也會有變化，那是爲了適應語言進步的需要。前文曾說明複音詞的增加，有些基本詞彙轉變爲構詞的一部分的詞素了。也有因爲新事物不斷地產生，自然會出現新的基本詞彙。它們歷史雖短，但完全符合基本詞彙的條件：人人都懂，意思確定，有構詞能力。例如說「站」，我們並不察覺它原是借自蒙古的詞兒，我們今天：「起站、終站、火車站、廣播站……」到處都是「站」，彷彿那個地方不叫「站」，改叫什麼「處」，什麼「所」，就文不對題似的。

基本詞彙是詞彙豐富的泉源，它給語言以構成新詞的基礎，雖然存在的時間久遠，但時間長並不是造成基本詞彙主要條件。打開《說文》、《爾雅》一看，古字古詞絕跡於今日的不知有多少。古代漢語中，有許多的詞靠書面流傳到現在。這些詞，在古代都有獨立意義，但有些在長期使用過程中，漸漸失去了原來的意義。這些詞雖然本身還帶有一些微弱的原來的意義，但是只限于用在一些由它所滋生出來的複音詞或成語中。它已不能單獨成爲一個具有完整意義的詞了。它原來的意義已經被另一個新起的詞所代替，它在所構成的多音詞或成語中已經滋生出許多各自有細微分別的意義，而這些微弱的意義又不能各自成爲獨立的單位。這種現象，是詞義本質變化的表現。例如：

原　　義：口　面　目　首

代換的詞：嘴　臉　眼睛　頭

但這些被新詞所代換的詞，並沒有徹底死亡，只是它原來獨立的意義被新起的詞代換了。在一些複音詞或成語當中它還被保存著，而這些複音詞或成語，多半是在已還沒有被新詞所代換，還能獨立運用時已經構成功了。例如：口，它還保留在：

藉口　門口　港口　缺口　傷口　人口　戶口　出口　破口罵人……。

面，它還保留在：

表面　場面　面子　平面　書面　見面　片面　面目……。

目，它還保留在：

面目　目的　目錄　盲目　目前　目標　目中無人　目不轉睛……。

首，它還保留在：

首領　元首　首部　首先　俯首　斬首　首長　首飾……。

它們被死板的束縛著。因爲，今天它已不能代表一個獨立的意義而存在，既不能任意把它從由它所組成的複音詞或成語中抽出來，亦不能任意換進另一個詞去。例如我們只能說「以美國爲首的自由世界」，而不能說「以美國爲頭的自由世界」。這些不能自由組合的詞已經成爲僵硬的詞，按照基本詞彙的特性，似乎已不是基本詞彙了。由此可知，基本詞彙會隨著時間的經過而消失。

第三章　例證一：「口」與「嘴」

口，依據《說文解字》，其本義是「人所以言食也」，也就是人臉上五官之一，用來說話、飲食，今天稱爲「嘴」的器官。人五官之一的「口」，古代稱口不稱嘴，更不稱嘴巴，今人稱嘴、稱嘴巴不稱口。「口」與「嘴」就五官言之是同義詞，但「口」已萎縮於發展過程中，變成古語詞了。「口」之變成古語詞，只是就本義而言，並且限於它單獨使用時，但並不表示口就從歷史上消失，它仍以詞根的身份參與後起語詞的構成，不致在歷史上消失，而有其他意義、用法上的發展。

第一節　「口」字的字義

許愼《說文解字》：

口，人所以言食也，象形。

甲骨文及金文「口」作「ㅂ」，象口形〔註1〕，整個形狀略象口上下唇與兩角上侈之形。饒炯〈部首訂篆〉〔註2〕認爲一橫畫是舌，舌正所以言語、別味。不管那一橫畫是舌，或整個「ㅂ」象口形，我們都可以肯定，口是人五官之一，用來說話、飲食的器官。而這也是「口」的本義。

〔註 1〕《薇廎甲骨文原》七二七之下片。

〔註 2〕據《說文詁林》。

「口的本義」是人五官之一，用來說話、飲食，這個意義爲「嘴」取代後，它有其他意義、用法上的發展。根據我們的語料，它的意義有如下列：

1. 人五官之一，用來言語、說話的器官。
2. 動物的口。包括鳥類、獸類等。
3. 東西物品的口。如：瓶口、杯口等。
4. 地方的出入口。如門口、港口等。
5. 指人：如五口之家。
6. 計算的單位。包括計人、計家畜、計刀劍。

我們取《中文大辭典》來比較，辭典上「口」字羅列了十五個〔註3〕意義，與我們從語料上歸納出來的意義相差七個，實際上只相差兩個，分別是：

(1) 口語相發動。如《公羊傳》隱公四年：「吾爲子口隱矣」。注：「口，猶口語相發動也」。

(2) 寸脈。如《史記・扁鵲倉公傳》：「右口脈大而數」。《正義》：「謂右手寸口也」。

(1)的意義大概只能在古籍找到例子，現在口語已很少那樣用；(2)的意義，由《正義》看來，應是「脈口」，意義的性質與我們歸納的第四點相似。此外，相差的五個，因意義範圍大小而產生差異。例如指「地方的出入口」，《中文大辭典》分別羅列：入口、關口、港口，孔穴，我們則認爲這些意義近似，故歸爲一類。另外，指「計算的單位」，《中文大辭典》計人、計刀劍、計家畜分別羅列，就計算單位的量詞，應該是一樣的，故我們把它歸爲一類。以下，就根據我們所歸納的意義，來對「口」字意義的引申發展做一個探討。

「口」字本義是「人用來說話、飲食的器官」，爲人體五官之一，此在先秦典籍上可找到例證。《荀子・君道篇》：

如耳目鼻口之不可以相借官也。

《左傳》昭公七年：

言出於余口。

〔註3〕「口」字之下，《中文大辭典》共列了十八個意思，其中，第十五個意思是「字之偏旁」，第十六個意思是「口」字的古文，第十七個意思是「姓」，三個意思不在本文討論之內，故只引十五個意思。

《墨子》魯問：

今子口言之，而身不行。

可以明白看出，「口」是說話的器官。又《荀子・禮論》：

芻豢梁五味調香，所以養口也。

《孟子・梁惠王上》：

爲肥甘不足於口與。

食物是從口而入的。

從言語、飲食動作的器官，引申而代表發出這種動作的人。如《左傳》宣公二年：

夫其口眾我寡。

先秦有此用法，先秦以下，還是有此用法的出現。如〈韓愈答胡生書〉：

愈不善自謀，口多而食寡。

「口」由代表人，以至於計算人亦以「口」爲單位。如《孟子・梁惠王上》：

八口之家可以無飢矣。

《戰國策》：

左右俱曰：無。有如出一口矣。

由「八口」、「一口」看來，「口」指人，計算人兩種意義其實分不開。「口」用來計人，因此也用來計算家畜、物品；計算家畜如「一口豬」，計算物品如「一口井」、「一口鑊」。人之口張開來是圓的，因此，用口來計算的家畜、物品，亦都具有圓口〔註 4〕。除了計算具有圓口的家畜、物品外，「口」亦用來計算刀劍。如《晉書・劉曜載記》：

跪獻劍一口。

這種用法與刀劍鋒刃之處稱「刀口」有密切關係。但我們無判斷「一口劍」或「刀口」那一種用法先產生，即使在我們的語料上，「一口劍」的用法比「刀口」出現的時間早，但並不能因之證明「口」當計算刀劍的用法早於「刀口」的用

〔註 4〕「口」當計數單位，高本漢先生說是類別語詞，他認爲類別語詞的選擇，是中國人巧妙的發明。見《中國語與中國文》，頁 41。

法。因爲詞的來源很古，到了我們能接觸到的史料時代，引申義久已通行，因此，我們並不能常常按史料的先後，來證明詞義發展的程序和階段。

「口」從本義擴大，鳥類、動物的嘴亦稱口。如《爾雅翼》卷十四：

折木，口如錐，長數寸。

《爾雅》：

獢犬，長口者名獫，短口者名獥獢。

這是「口」字本義的擴大。「口」既是言語、飲食的出入口，由此意義擴大，凡是作爲進出的地方也稱爲口，《說苑・談叢》：「口者，關也」就是這種意思。這種的出入口，有具體的，有抽象的；一般說來，抽象的口範圍較大，如「海口」、「河口」、「溪口」、「港口」、「岸口」等，具體的口範圍較小，如「洞口」、「穴口」、「門口」、「井」等都是有目標可尋。另外，「壺口」、「瓶口」、「杯口」是容器的進出口。就進出口而言，「壺口」、「瓶口」、「杯口」的發展途徑與地方出入口相似；如就物品之口而論，應該是與鳥類、動物類的口發展途徑相平行，其中的關係眞是錯綜複雜了。

「口」字意義的擴大引申發展途徑，就如上述。各意義之間，我們都可以看出它們的關係，說出其間的道理來。

第二節　「口」字詞義的歷史發展

一個詞的詞義，從古代發展到現在，往往不只具有一個意義，當它們有兩個或兩個以上的意義時，其中一個是「本義」，另外還有一個或兩個以上的意義時，其中一個是「本義」，另外還有一個或一些個便是引申義或假借義。本義是有歷史可查的最初意義，是產生這個詞其他意義的基礎。「口」的本義爲「嘴」取代後，有其他意義的發展；爲了探討「口」被「嘴」取代後意義的發展，我們先從本義探討起。「口」的本義，無庸置疑，是人用來說話、飲食的器官，在古代它獨立成詞，可獨立運用，尤其是先秦時代，《左傳》昭公十七年：

以餬余口。

《左傳》僖公二十八年：

願以間執讒慝之口。

《墨子・脩身》:

出於口者，無出之口。

《禮記・曲禮》:

掩口而對。

都是「口」獨立成詞的例證。但並不太能看出與本義的關係，「口」的本義是言語、飲食的器官，以下就分這兩方面，從先秦典籍中尋找例證。

（一）言語的器官

《詩經・小雅節南山之什》正月第二章:

好言自口，莠言自口。

《春秋》僖公二十四年:

口不道忠信之言爲嚚。

《墨子・魯問》:

今子口言之，而身不行。

《墨子・尚同中》:

則此言善用口者出也。

《荀子・大略》:

口能言之。

《荀子・樂論》:

口不出惡言。

以上的例子，充分表示出獨立成詞的「口」是言語的器官。正如《國語・晉語》一所說:

口，三五之門也。

注:「口所以紀三辰宣五行也，故謂之門。」口爲言語的門戶，漢朝桓譚《新論・愼言》講得更清楚:

口者，言語之門也。……門戶開則言語出，出言之善，則千里應之，出言之惡，則千里違之。

充分表示出「口」爲言語的門戶。此門戶的開關，完全由自己控制，因此「口」

為「嘴」取代，往其他意義發展後，其言語的本義，並未被人遺忘，後代的人照樣應用。例如《三國志・諸葛亮傳》：

言出子口，入吾耳。

《世說新語》：

王夷甫口未嘗言錢字。

《晉書・王濬傳》：

口不言平生之功。

杜甫〈晚晴〉：

口雖吟咏心中哀。

杜甫〈遭田父泥飲美嚴中丞〉：

說尹終在口。

陸游詩：

口哦七字黃庭篇。

《明清平山堂話本・快嘴李翠蓮》：

正是：某人之口，無量斗。

從魏晉南北朝到明朝，「口」是言語的器官，獨立成詞的用法，仍被應用於史傳、小說及詩中，但究竟不如先秦時代出現的那麼多。

「口」在古代可獨立成詞，在現在漢語雖然不能獨立成詞，但仍保留原意，此外更以詞根的身份與其他詞素結合，構成新語詞，產生新意義。其構詞的位置是自由的，既能放在別的詞素前，形成如「口傳」、「口陳」、「口吻」等，又能放在別的詞素之後，形成如「黃口」、「溪口」、「壺口」等。很明顯的，它由單音詞變為複音詞。「口」與其他詞根結合，所形成的複音詞，幾乎都是合成詞〔註 5〕，可以將其組成部份逐一分析出來，在意義上是專指的。例如明《古今小說》十三：

兄弟分顏，朋友破口。

「破口」並不是「破的口」或「口破了」，由上下文可得知「破口」是相罵的意

〔註 5〕參考方師鐸，《國語詞彙學構詞篇》，頁 22、31。

思。如《金瓶梅》二十六回：

> 那日小的聽見，鉞安跟了爹媽來家，在夾道內說話，不小心洩露了秘密：嫂子問他，他走了口。

由句子上下文，「走口」是說話不小心洩露了秘密，而不是字面的「走了口」或「口走了」。詞彙意義的傳達，一部分由字面本身傳達，另一部份由環境（在此是指句子上下文）傳達〔註6〕。字面意義的了解，大約限于本義，透過環境的幫助，才能對詞義作眞正的了解。「破口」、「走口」就是在語境上下文的幫助下，提供我們了解詞義最好的服務。否則合成詞通常是「意義的結合不等於結合的意義」〔註7〕，結合義不等於分離義；語詞與意義之間，關係極其複雜，唯有靠語境的上下文，幫助我們對詞義正確的了解。

「口」以詞根身份構造新詞時，在「言語」這個本義的引申發展後的語詞所形成的意義，實在無法以固定的某一種意思來歸類。但是它們都由同一個本義引申而來，故有共同的特徵：與說話的一切有關，或指言語，或指言論，或形容口才，這特徵也就是「口」字本義引申後的一個「中心義」。爲了展現這個「中心義」在歷代使用的情況，以下我們各個朝代分別列出。

1. 先　秦

(1)《尚書・仲虺之誥》：

> 予恐來世以召爲口實。

(2)《論語・公冶長》：

> 禦人以口給，屢憎於人。

(3)《莊子・天下》：

> 口談自以爲最賢。

(4)《荀子・哀公》：哀公問取人，孔子對曰：

> 無取健，無取詌，無取口諄。健，貪也；詌，亂也；口諄，誕也。

〔註 6〕除了「上下文的語義環境」外，還有「現實的環境」。例如聽見隔壁屋子有人說「刀！」你就不知道這句話是什麼意思——「這是刀」或者「刀找著了」或者「拿刀來」或者「給你刀」或者「小心刀」等，只有環境能夠決定它是什麼意思。

〔註 7〕趙元任，《語言問題》第四講。

(5)《韓詩外傳》：哀公問取人，孔子曰：

無取健，無取佞，無取口讒。

(6)同上：

小人之論也，尊意自是，言人之非，瞋目溢腕，疾言噴噴，口沸目赤。

(1)的「口實」爲「話柄」，是言語的內容；(2)的「口給」、(4)的「口諄」、(5)的「口讒」皆與說話才能有關，就是「口才」的意思，但「口才」用褒義，「口給」、「口諄」、「口讒」用貶義；(6)的「口沸」是因講話的神情而對口的形容。在我們的語料裏，先秦的例證有九個。

2. 漢　朝

(1)《說苑・尊賢》：

口銳者，多誕而寡信。

(2)《淮南子・氾論訓》：

聖人所不口傳也。

(3)《孝經・授神傳》：

孔子海口，言若含澤。

(4)《史記・鼂錯傳》：

口議多怨公。公爲政用事，侵削諸侯，別疏人骨肉。

(5)《論衡・定聲》：

口誤之實話，筆墨之餘跡。

(6)《漢志》：

口授弟子，弟子退而異言。

(7)《漢書・楊惲傳》：

遂遭變故，横被口語。

(1)的「口銳」即口才，但是用貶義；(2)(4)(5)(6)(7)的「口傳」、「口議」、「口談」、「口授」、「口語」都指口的談論、陳述。(7)的口語是「毀謗」的意思，但《漢書・司馬遷傳》：

僕以口語，遇遭此禍。

此的「口語」是「口出議論」，與同書〈楊惲傳〉的「口語」相比較，同一個作者，對同一個詞彙的用法都不相同，何況是不同的個人？亦可見詞義的多義性了。

3. 魏晉南北朝

(1)《後漢書·楊賜傳》：

今縉紳之徒口誦，口誦堯舜之言。

(2)同上〈梁冀傳〉：

冀爲人口吟舌言。

(3)劉勰《新論》：

人有緘口之銘，所以警佻言防口訧也。

(4)梁簡文帝〈仰和衛尉新渝侯巡城口號〉：

帝京風雨中，層闕烟霞浮。

(5)《宋書·吳喜傳》：

少知書，領軍將軍沈演之使寫起居注，所寫既畢，闇誦略皆上口。

(6)鐘嶸《詩品·總論》：

但令清濁通流，口吻調利，斯爲足矣。

(1)的「口誦」爲「口」的述說，這種述說如用於誦讀好的文章，則爲(5)的「上口」，《梁書·孔休源傳》：「自晉宋起居注，誦略上口」及《南史·范雲傳》：「乃夜取史記讀之，令上口」用的都是誦讀文章能流暢之意。至於《史記·扁鵲傳別下於三焦膀胱注》：

正義曰：下鬲在胃上口。

是上部之口，是位置與魏晉南北朝的意義大有差別。(2)(3)(6)的「口吟」、「口訧」、「口吻」與言論有關。「口吟」在梁冀傳注云：「語吃不能明了」，則相當於「口吃」。

朱起鳳認爲「口吟」應該是「口噤」。《辭通》云：

噤字古通作吟。《史記·淮陰侯傳》：雖有舜禹之智，吟而不言。《索隱》：吟，巨蔭反，是吟，噤通用之證。

依《辭通》，「口吟」等於「口噤」，與「口吃」之意不同，因此王先謙《漢書集解》謂：

口吟，口中喁喁私囈，聽之不絕聲，審之不成句；舌言，口出言即歛，不明白宣示，所謂含胡也。

「口吟」是說話含胡不清，不是說話困難的「口吃」。《史記》：「雖有舜禹之智，吟而不言」，只是不言，並非「口吃」。《史記》中如用「口吃」處皆明寫出如：

非爲人口吃，不能道說，而善著書。（韓非傳）

相如口吃，而善著書。（司馬相如傳）

由此可知，「口吟」只是說話含胡而已，這與後代「口吟」大有差別，例如張祜詩：

掇火身潛起，焚香口旋吟。

白居易詩：

口吟歸去來，頭戴渡酒中。

是口中吟哦的意思了。

(6)的「口吻」是說話的「口氣」，與「口氣」是同義詞。但《後漢書・東夷傳》：

豕以口氣嘘之。

「口氣」在此是字面義。「吻」爲嘴邊，因此「口吻」也有嘴邊之義。例如《鹽鐵論・楚耕》：

決市閭巷，高下在口吻。

《唐書・李德裕傳》：

榮枯生於口吻。

(4)的「口號」；含義有二，一是軍隊口令；一是團體集合時，將所標榜的論點或運動事項的中心，以簡短明瞭的語句，高聲呼出，稱爲「口號」。猶如「口呼」《說文》：「號，呼也」，「口號」是隨口呼號，詩以口號爲題，始於梁簡文帝，唐承襲用之，如：杜甫晚行口號。「口號」爲詩題，相當於「口占」，《漢書・陳遵傳》：

遵常召善書吏於前，治私書，謝親政，馮几口占。

後人稱作詩不起草爲「口占」，與隨口呼號的「口號」同義，後來「口號」更發展爲詩體名。《宋史・樂志》：

樂工致辭，繼以詩一章，謂之口號。

中古的「口號」隨口起興，現代的「口號」經過事先設計，這是意義的差別，用口呼出，是共同的地方。

4. 隋　唐

(1)《晉書・楊駿傳》：

使何邵口宣帝旨。

(2) 韓愈〈石鼓歌〉：

安能以此論列，願辯口如懸河。

(3)《南史・顧協傳》：

憚其清嚴，不敢發口。

(1)的「口宣」係用來宣告，與先秦「口談」，漢朝「口傳」、「口授」，魏晉南北朝「口誦」意義相近似。「口宣」特指傳宣天子的命令，由傳宣天子的命令，到宋朝變成傳旨的文章，形成一種文體。例如歐陽修《內制集》：

賜宰臣陳執中生日禮物口宣，撫問梓州路臣寮口宣。

明徐師曾《文體明辨》曾對「口宣」文體加以說明：

口宣者，君諭臣之詞也，古者天子有命于其臣，則使使者傳言，若春秋內外傳所載諭告之詞是也。有撰爲儷語，使人宣于其第者也，宋人始爲之，則待下之體愈隆，而詞臣之撰愈繁矣。蓋諭告之變體也。

「口宣」的制度、文體已隨時間的經過消失於古代制度下了。(2)的「口如懸河」形容人言若流水，滔滔不絕；韓愈創造這個成語，在現代還是很實用的。

5. 宋　朝

(1)《唐書・選舉志》：

凡明經，先帖文，然後口試經問大義十條。

(2) 同上〈鄭元濤傳〉：

太宗賜書曰，知公口伐可汗，如約，遂使邊大息。

(3)《五燈會元》：

勸君不用鐫頑石，路上行人口似碑。

(4) 朱熹〈次季通韻贈范康侯詞〉：

口川失自防。

(5)《傳燈錄》：

你每每口嘮嘮地作麼。

(1)的「口試」因科舉考試制度而產生，一直沿用至今：因制度一直存在之故。(4)的「口川」，源於《國語》:「防民之口，甚於防川」。(5)的「口嘮嘮」是形容詞，形容一個人多話，相當於現代的「多嘴」。

6. 元　朝

(1)《水滸傳》七回：

京師人懼怕他權勢，誰敢與他爭口。

(2)《水滸傳》十六回：

兩個虞候在老都管面前絮聒他搬口。

元朝的語料來源以《水滸傳》爲主，屬於小說，小說用詞難免沿用當時口語：摻入作者的方言。因此對於例證意義的了解，需藉助上下文；也因這些「口」具有方言性質，無法廣爲流傳，現代已經不用了。

7. 明　朝

(1)《西遊記》六十九回：

這和尚鹽醬口，講什麼妖精，妖精就來了。

(2)《二刻拍案驚奇》十六：

就中推兩個有口舌的去邀了八郎，到旗亭中坐走。

(3)《西遊記》六十五：

妖精不必海口，既要賭，快上來領棒。

明朝語料來源與元朝一樣，以小說爲主。以(3)的「海口」爲例，「海口」與「誇口」同義；同樣是「海口」，漢朝用褒義，取海水的潤澤，如《孝經・授神傳》：「孔子海口，言若含澤」，明朝用貶義，取海水面積廣大。同一個詞，意義的層次是有不同的。

8. 清　朝

（1）《福惠全書・刑名部問擬》：

張信繼以口角益釁。

（2）《紅樓夢》六：

再要賭口齒。

(1)的「口角」原指嘴邊上下兩唇接合處，李商隱〈韓碑詩〉：「口角流沫，右手胝」即是此義。清朝演變爲相當「論口」的爭論義，此外「口角」亦有「口氣」、「口吻」之義，如《紅樓夢》七十七回：

就只是他的性情爽利，口角鋒芒。

(2)的「口齒」，原義是口與齒，例如《後漢書》授傳：

授嘗師事子阿，受相馬骨法，謹依帛氏�散中，帛氏口齒，謝氏唇鬚，丁氏身中，備此數家骨相以爲法。

口與齒皆是言語的器官，後來就以器官代表語言，這是意義的引申。

（二）飲食方面

「口」是飲食的器官，「飯來開口」這句成語頗能表達「口」對飲食的作用。「開口」二字，源出《管子・揆度篇》：

百乘耕田萬頃，爲户萬户，開口十萬人；千乘耕田十萬頃，爲户十萬，開口百萬人。

雖然沒有明白講出「開口」是爲了什麼，但由「耕田萬頃」可知開口爲飲食了。再如：

元稹放言：「酒熟補糟學漁父，飯來開口似神鴉。」

白居易有感：「食來即開口，睡來即合眼。」

則可明白的知道「開口」爲飲食。

前文談過，「口」在古代是單音詞，可單獨使用，先秦籍如《莊子・天運》：

三王五帝之禮義法度，其猶柤黎橘柚之可於口。

《墨子・辭味》：

口不能偏味。

《孟子・告子》：

品之於味有同耆者也。

《荀子・正名》：

甘苦鹹淡辛奇味以口異。

所載，「口」皆能單獨使用。至於「口」以詞根身份與其他詞素構成的詞彙，以下就分其大致羅列。

1. 戰國以前

(1)《荀子》：

蔬食菜羹而可以養口。

(2)《荀子・榮辱》：

今是人之口腹，安和禮義，安和禮讓。

(3)《孟子・離婁上》：

此所謂養口體者也。

(4)《韓非子・說難》：

忘其口味，以啗寡人。

每個詞彙儘管意義有差別，但「口」所指稱的，皆與飲食有關，這也是「口」本義引申後的另一個「中心義」，它與「與言語有關」的中心義，二中心義是平行發展的。在中心義下，各個時代有不同的詞彙被造出來。

2. 兩漢以後

(1)《史記・禮書》：

口甘五味為之庶羞，酸鹹以致其美。

(2)《漢書・揚雄傳》：

美味合口，工聲相比。

3. 隋唐以後

(1) 元愼〈放言〉：

飯來開口。

(2) 白居易〈有感〉：

食來即開口。

(3) 蘇軾〈屈到嗜芰論〉：

若敖氏之賢，聞於諸侯，身爲正卿，死不在民，而口腹是愛。

(4) 梅堯臣〈嘗茶詩〉：

湯嫩水輕花不散，口甘神爽味偏長。

(5)《水滸傳》十五：

阮小七道：有什麼下口

(6) 宋濂〈送東陽馬生序〉：

不知口體之奉，不若人也。

(7)《平妖傳》二十六：

我方才下口放在你水缸裏，與我將去煮來。

除(5)(7)的「下口」外，「口」字詞義不出戰國，兩漢的應用。(5)(7)的「下口」字面義是動作，在此由工下文，我們知道是指菜肴，這是意義的引申。

由上面的例證，看「口」的飲食意義，大致說來，一眼即可望穿；只是一些小說中的用詞，意義較費思量，需靠上下文來確定，這是正常的現象，隨著時間的經過，越到後來，一個詞彙所擔負的意義就越多。

（三）「口」由器官的名稱擴大為言語、飲食，再由言語、飲食的意義，而有「猶人也」之義

1. 戰國以前

(1)《孟子・梁惠王上》：

八口之家，可以無飢矣。

(2)《墨子・號令第七十》：

家食口二人。

(3)《戰國策》：

江乙州侯相楚，主斷，左右俱曰無有，如出一口。

2. 兩漢以後

(1)《史記・漢高祖功臣年表》：

漢興，功臣受封者，百有餘人，天下初定，大城名都散亡，户口可得而數者，十二三。

(2)《漢書・高帝紀》：

十一年二月，令諸侯王、通侯常以十月朝獻，及郡各以其口數率，人歲六十三歲錢，以給獻費。

(3)《漢書・昭帝紀》：

元鳳四年，詔毋收四年五年口賦。

(4)《漢書・貢禹傳》：

民產子三歲，則出口錢，故民重困。

《孟子》的「八口之家」可以說是「口」用來指人的代表。漢興，百業待舉，(1)的「戶口」，(2)的「口數」，(3)的「口賦」，(4)的「口錢」因戶口制度，賦稅制度的施行而被創造出來。只要制度存在，這些詞彙是永遠不會消失的。另外，《後漢書・袁安傳》：

單于謀欲犯邊，宜還其生口，以安慰之。

《晉書・武帝紀》：

太康二年，賜王公以下吳生口各有差。

《南史・蕭勵傳》：

所獲生口寶物，軍賞之外，悉送還。

「生口」是人、馬或其他動物，未明，看同時代的另外記載。《後漢書・班昭傳》：

獲生口萬五千人，馬畜牛羊三萬餘頭。

《後漢書・梁慬傳》：

獲生口數千人，駱駝畜產數萬頭。

《後漢書・西南夷傳》：

楊竦擊破封離，獲生口五千人。

《後漢書・南匈奴傳》：

單于輕騎出上郡遮略生口，抄掠牛馬。

《後漢書・南匈奴傳》：

張耽擊車紐等，獲生口及邱器牛羊甚眾。

《南史・袁繼忠傳》：

得生口、馬、牛、羊、鎧仗踰萬計。

於「生口」下，別言馬畜牛羊，考其詞義，「生口」當指俘虜人口而言，由上述例證，反映出當時戰爭頻仍，社會不安寧的現象。

3. 隋唐以後

(1)《西遊記》十八：

既是這等說，我去了罷，兩口子做不成了。

(2)《儒林外史》五：

將三黨親戚都請來，趁舍妹眼見，你兩口子同拜天地祖宗，立爲正堂。

(3)《宋史・范鎮傳》：

鎮與司馬光議論，如出一口。

(1)(2)的「兩口子」是夫妻倆，「兩口子」中的「子」是詞尾，「子」當詞尾，往往有「小」義，此在戰國以前未見，唐、五代後漸漸多起來〔註8〕，因「子」有「小」義，「兩口子」又等於「小兩口」大概是這個原因吧。

(四)「口」當計算單位的量詞

《孟子・梁惠王》上：「八口之家可以無飢矣。」的「八口」是「八人」，以今語來說是「八個人」或「八個」，就此而論，「口」、「個」是一種「單位名

〔註8〕參《中國語法理論》第三章第二十節。

漢語「子」「兒」和台語助詞 luk 試釋，《國文月刊》六十八期，邢公畹著。

「子」字詞尾探源，《中國文化月刊》第八期，方師鐸著，頁 102。

詞」，語法稱爲「量詞」。之所以把它們叫做單位名詞，一則因爲它們本身是名詞，或從名詞演變而成，一則因爲它們的用途在於表示人物的單位〔註9〕。今語「八個人」——單位名詞加名詞，是戰國以前的史料所未見的。戰國以前皆以數詞直接加名詞，如《墨子・號令第七十》：

家食口二人。

《戰國策》：

左右俱曰無，如出一口。

隋唐以後，數目字及單位名詞漸漸可以放在所修飾名詞前面。例如《晉書・陶潛傳》：

吾不能爲五斗米折腰。

白居易詩：

偶依一株樹，遂抽百尺條。

及至元、明、清小說，才大量運用單位名詞，而且往往和名詞相連。例如《平話三國志》卷上：

元帥使三個官人。

《水滸傳》二：

唵經了七八個有名的師父。

《儒林外史》四十一：

兩個差人，慌忙搬了行李。

「口」除了可當計人的單位名詞外，亦可當計動物的單位名詞，如「一口豬」、「一口羊」。另外，以普通名詞後面緊跟著單位名詞，普通名詞前面沒有數目字，這就不是爲計數用的，例如《金史・密國公濤傳》：

居汴京家人口多，俸入少。

《水滸傳》二：

小人母親騎的頭口，相煩寄養。

《兒女英雄傳》十四：

〔註9〕王力著，《中國語法理論》第四章第三十二節。

這兩條腿兒的頭口，可比不得四條腿的頭口。

《兒女英雄傳》三：

但此刻正是沿途大水，車斷走不得，你難道還能騎長行牲口去不成？

中的「人口」、「牲口」，是複音詞的傾向所造成〔註 10〕。「頭口」源於算牲畜時每云幾頭口，故把「頭口」做牲畜的代名詞。如元典章刑例所云：

達達偷頭口一個，賠九個，漢兒偷頭口一個，也賠九個。

以「口」計動物，一般只限于家畜中的馬、牛、羊、豬、其他的動物幾乎不用「口」為計算的單位名詞。除了計人、計動物外，亦用來計具有圓口的物體，如「一口井」、「一口鑊」〔註 11〕。除計具有圓口的物體，亦用來計刀、劍，如「一口刀」、「一口劍」。

（五）出入之「口」

口既是言語、飲食的器官，故「凡空中洞達可出入者，皆謂之口」〔註 12〕。這種出入口，大致說來可分兩類，一類是器物的進出口，一類是地理位置的進出口。

1. 器物的進出口

(1)《鹽鐵論》：

河決若甕口而破千里。

(2) 宋《物類相類相感志》：

椀口上有垢，用鹽擦之自落。

(3) 宋《貴耳錄》：

兩腳并做一袴口。

(1)的「甕口」，(2)的「椀口」共同點是器物上端可供液體或東西進出之處；(3)的「袴口」如今語「袴腳」。腳本是人體下面的肢體，引申至物品的下端，「袴口」在此有異曲同工之趣。另外，縫衣針上端用以引線的孔，不稱「針口」而

〔註 10〕同註 9。

〔註 11〕高本漢著，張世祿譯，《中國語與中國文》，頁 42。

〔註 12〕饒炯語，引《說文詁林》二上口部。

稱「針鼻」；同樣是出入口，稱鼻不稱口，毫無道理可尋。又，刀子沒有圓口，但鋒刃部份卻稱「刀口」若像《官場現形記》二十五：

錢用在刀口上，若用在刀背上，豈不白塡在裏頭。

中的「刀口」，則是引申再引申了。

2. 地理位置的出入口

「谷口」、「河口」、「岸口」、「溪口」、「海口」、「江口」、「山口」、「湖口」等，這種出入口是抽象的，沒有一個標識或者如「校門口」般，有一具體的出入口。它們的共同點是：與不同的地理環境交接處，像這種地理位置，幾乎不會改變，久而久之，可能以之命名，成爲專有名詞，如「海口」、「溪口」之類。

還有一種介於前述器物及地理位置的出入口之間。例如：

(1)《墨子・備穴》：

勿令離竈口。

(2)《水經注》：

穴口廣五六尺。

(3) 杜甫〈覽物詩〉：

洞口經春長薜蘿。

範圍比前述「海口」等小，而且有具體的景觀把位置表現出來。就位置而言，除了正當出入口外，往往也包括出入口附近一帶。例如要到「洞口」找一樣東西，搜索的範圍一定是洞口的四周圍，而不是僅及於洞口之下。

「口」既指地理位置出入口，因此又常指某一特定之交匯點或時間定點，如：「刀口」：刀刃最鋒利之處；「裂口」；「飯口」：正在要吃飯之時；「當口」：恰巧在節骨眼兒上。

（六）鳥獸等動物的口

這是詞義範圍的擴大。拋開純描述性的口：「獸口」、「象口」等不談，有幾個詞義較爲特殊，分述如下：

1. 黃　口

《爾雅翼》卷十五：

小隹，依人以居，其小者，黃口貪食。

如《爾雅翼》所言，幼鳥的口呈黃色，因以「黃口」稱之。但如《說苑・敬慎》：

孔子見羅者，其所得皆黃口也。孔子曰：黃口盡得，大雀獨不能得，何也。羅者曰：黃口從大雀者不得，大雀從黃口者可得。

「大雀」與「黃口」相對，可見「黃口」是幼小的雀。由《說苑》的記載，至少在漢朝「黃口」已由形容幼鳥口的顏色變成稱呼幼小的鳥；因此後人詩句中的黃口，皆是幼鳥也。例如韓翃〈題張逸人園林詩〉：

春深黃口傳窺樹。

陳陶〈空城雀詩〉：

近村紅栗香壓枝，嗷嗷黃口訴朝飢。

徐夤〈潤屋詩〉：

百禽羅得皆黃口，四皓山居始白頭。

在漢朝時，「黃口」已用來稱呼幼鳥；同樣的時代：《淮南子・氾論訓》：

古之伐國，不殺黃口。注：「黃口，幼也」

「黃口」亦稱幼兒，這是另一層的引申。如此一來，對於《唐書・百官志》的「黃口」：「其籍自黃口以上印臂」，就非常清楚了。《北史・雀暹傳》：「雀悛竊言，文宣帝爲黃口小兒。」更清楚的可看出黃口爲小兒。

2. 獅子口

舊時獄門塑一種獸頭，名爲陛犴，陛犴好訟，形如獅，故俗稱獄門爲獅子口。例如《水滸傳》四十九：

當日樂和拿著水火棍正立在牢門裏獅子口邊，只聽得拽鈴子響。

以「獅子口」稱呼獄門，這是意義的轉移。另外《文明小史》五：

若依外國人，是個獅子大開口，五萬六萬都會要。

以獅子的開口形容討價很大，則是引申義了。

上面舉的兩個例子，意義發展到最後，都跟人沾上關係。在白話小說中有不少的例子，都是就人的立場，或形容，或比喻，如「虎口換珍珠」、「虎口裏探頭」、「餓狼口裏奪脆骨」、「狗口裏生不出象牙」等。究竟「口」的原義是人之口，再擴及動物之口，因此以動物之口所形成的語句，其用法也就與人分不開了。

第三節　「嘴」字的來源——與「觿」「咮」「噣」「啄」「喙」的關係

「嘴」本作「觜」，原指鳥嘴。但《說文》「嘴」：

觜，鴟舊頭角觜也，一曰觜觿也，從角此聲。

實看不出「嘴」有鳥嘴意，再看「觿」字《說文》的解釋：

觿，佩角鋭端，可以解結，從角巂聲。

「嘴」與「觿」皆從「角」，可見與「角」字意義有關。

《說文》「角」：

角，獸角也，凡角之屬皆從角。

獸有角，故稱角，但鳥何嘗有角呢？段玉裁認爲鳥的角是「毛角」，鳥頭上有毛似角，故角乃獸角，嘴則鳥角〔註 13〕。角的形狀尖鋭，凡鳥類的嘴亦尖鋭，故鳥嘴亦稱「嘴」。「嘴」字大約起東漢〔註 14〕。那麼漢以前用那些字來稱呼鳥嘴？我們以《詩經》爲例，〈召南行露〉：

誰謂雀無角，何以穿我屋。

中的「角」頗令人懷疑意指雀嘴，再看《詩經》中提到角的地方，分別是：

(1)《周南・麟之趾》：

麟之角，振振公族，于嗟麟兮。

(2)《衛風・氓》：

總角之宴，言笑晏晏。

(3)《風・甫田》：

婉兮孌兮，總角丱兮。

〔註 13〕引《說文》段注及《說文句讀》，見《說文詁林》四下，角部。

〔註 14〕王力先生的看法，見《漢語繫稿》第四章。

(4)《唐風・葛生》：

角枕粲兮，錦衾爛兮。

(5)《小雅・無羊》：

爾羊來思，其角濈濈。

(6)《小雅・角弓》：

騂騂角弓，翩其反矣。

(7)《大雅・抑》：

彼童而角，實虹小子。

(8)《周頌・良耜》：

殺時犉牡，有捄其角。

(9)《魯頌・泮水》：

角弓其觩，束矢其搜。

九條記載的「角」，沒有與「鳥嘴」牽得上關係，(1)(5)用的是「獸角」的本義，其他用的是像「角形」的引申義。在《國風曹風・候人》：

維鵜在梁，不濡其咮。

《說文》：

咮，鳥口也。

廣韻同。可見《詩經》裏在提到鳥嘴用的是「咮」字，這可推翻前述《召南・行露》，「角」爲鳥嘴的懷疑。由此，我們知道，漢以前鳥嘴稱「咮」。《玉篇》引詩候人：「不濡其噣」咮、噣二字同，又《釋名》、《小爾雅》「噣」作「啄」二字同。《經籍纂詁》引詩候人傳：「咮，喙也。」由此可知，咮、噣、啄義同喙，喙在《說文》是「口也」，「喙」不但指鳥口，亦指人口、動物的口，例如《莊子・徐無鬼》：

仲尼曰：丘願有喙三尺。

可見先秦曾以「喙」人口，後代也是有的，唐《朝野僉載》：

說事則喙長三尺，判事則手重五斤。

至於用「喙」來指動物的口，例如《漢書・匈奴傳》：

是以忍百萬之師，以摧餓虎之喙。

柳宗元〈行路難〉：

蟠龍吐躍虎喙張。

《廣韻》及《經籍纂詁》，「嘴」皆解爲「喙也」，而「喙」則解爲「口也」，因此「嘴」是「口」之意，說文「嘴」從字形上傳會，未必可信。

另外「一曰嘴觿也」，嘴觿是星名，《史記》、《漢書》提到「嘴」處，都是與「觿」連用，如《史記・天官書》：

嘴觿虎首。

《漢書・天文志》：

小三星隅置曰嘴觿，爲虎首，主葆旅事，其南有四星。

《韻會》四支亦云：「嘴觿、星名」。段玉裁：「嘴、觿也。」以觿釋嘴是不對的。

「嘴」本爲「嘴」，後來加一口旁，這應該是「嘴」字發展到指人的嘴後加上去的，「嘴」與「嘴」字形不同，意義卻同，正如《玉篇》：「嘴蠵，大龜也，又星名」，龜爲爬蟲類，故「蠵」以「虫」爲偏旁，「觿」、「蠵」偏旁雖異，實爲一字，故《集韻》以觿、蠵爲一字。

如果就字音而言，「嘴」的聲母是「ㄗ」，「觿」的聲母是「ㄒ」，ㄐㄑㄒ與ㄗㄘㄙ的關係很密切；可能是在演進過程中，「觿」遭淘汰，「嘴」反而發達起來。

第四節　「嘴」字的字義發展

「嘴」是一個後起的字，在先秦以前，獸虫之口曰「喙」，鳥口曰「咮」。例如《說卦傳》：

爲黔喙口。

《左傳》昭公四年：

深目而豭喙。

《詩曹風・候人》：

不濡其咮。

《左傳》襄公九年：

或食於咮。

鳥口除「咮」外，另有「噣」，《釋文》：「咮本作噣」；《爾雅》：「咮謂之柳，小星」，《釋文》引作：「噣，謂之柳」；《詩》：「不濡其咮」，《玉篇》口部引作：「不濡其噣」。因此「咮」、「噣」二字音義無異。到了漢代「嘴」字出現後，因聲音與「咮」相似，可能就取代「咮」、「噣」，指鳥類的嘴。例如《漢書・東方朔傳》：

尻益高者，鶴俛啄也。

《顏師古注》曰：

啄，鳥嘴也。

漢朝以後，就一直以「嘴」稱鳥口，例如《水經注》：

火山出雛鳥，形類烏鵶，純黑而姣好，嘴若丹砂。

劉禹錫詩：

養來鸚鵡嘴初紅。

陸游詩：

蜂脾蜜滿花初過，燕嘴泥新語未乾。

「嘴」代替了「咮」，指鳥類的嘴，也代替了「喙」，指虫獸的嘴。人的「口」和禽、獸、畜的「嘴」，分得很清楚。後來，用「嘴」來替換人的「口」，大量出現於「近代」的小說中。但是在剛開始時，有條件的限制，一般只用於斥罵、挖苦、諷刺的口吻，也就是說，「嘴」指人的「口」只用於貶義。例如：

1. 對「嘴」的形容

(1)《金瓶梅》二十三：

原來你家沒大了，說者您還丁嘴鐵舌兒的。

(2)《石頭點》十三：

誰知是個烏鵶嘴，耐不住口，隨地去報新聞，頃刻就嚷遍了滿營。

(3)元曲《認金梳》三折：

罷！罷！罷！你正是個老粉嘴，沒的說。

（4）《金瓶梅》十五：

好個說嘴的話，誰信那綿花嘴兒？

（5）《二刻拍案驚奇》二十八：

您聽他油嘴，若是別件動用物事，又說道借用就還的，隨你遮寶貝也用不得許多舊錢。

（6）《醒世姻緣》十一：

你待指望另尋老婆，可是孔家的那淡嘴私窠子的話麼，只怕我攪亂的你九祖不得昇天。

（7）《紅樓夢》五十八：

這一點小崽子，也挑么挑六，鹹嘴淡舌，咬群的騾子似的。

(1)的「丁嘴」相當於「嘴硬」，在言語上不讓人，丁亦作釘；(2)的「烏鴉嘴」形容說話討厭的人；(3)的「粉嘴」是形容善於花言巧語的人，用「嘴」來代替「人」了；(4)的「綿花嘴」是說軟話；(5)的「油嘴」相當於今天的「油腔滑調」；(6)的「淡嘴」是信言胡言，「淡」是「扯淡」的簡語；(7)的「鹹嘴」是搬弄唇舌。七個例子的「嘴」，字面上是對於「嘴」的形容，引申爲講話內容不受歡迎，是貶義的。

2. 說大話的「嘴」

（1）《水滸傳》二十九：

我卻不是說嘴，憑著我胸中本事，平生只是打天下硬漢，不明道德的人。

（2）《西洋記》四十七：

你還不曉得我老娘的手段，你敢在這裏誑嘴麼？

（3）《金瓶梅》二十六：

我若教賊奴才淫婦與西門慶做了第七個老婆，我不是喇嘴說，就把潘字吊過來哩。

（4）《兒女英雄傳》二十二：

今日可合你們落得起嘴了，我也有了兒女咧。

(1)的「說嘴」等於「憑空說嘴」，相當於今天的「吹牛」；(2)的「誑嘴」相當於今天的「誇口」，與(1)完全相同；(3)的「喇嘴」等於(4)的「落嘴」，說大話的意思。上述那些說大話的「嘴」，今天已不用了，而以「吹牛」或「誇口」來形容。

3. 搬弄唇舌的「嘴」

(1)《西遊記》十六：

快著！快著！莫要調嘴。

(2)《金瓶梅》四十八：

誰和你那等調嘴調舌的。

(3)《西洋記》十七：

倒也不敢欺嘴說，小人椀也會釘，鉢也會釘，鍋子也會釘，缸也會釘。

(4)《西遊記》二十：

龍王道：有！有！但是一個掉嘴口討春的先生。

(5)《金瓶梅》二十二：

你問聲家裡，這些小廝們那個敢望著他雌牙笑一笑兒，弔個嘴兒。

(6)《醒世姻緣》六十三：

相於廷專好使嘴使舌的說我，不知幾時著了我手，也是這般一頓，方纔解我積恨。

(1)的「調嘴」義同；(2)「調嘴調舌」，「調」亦作「掉」；(3)的「欺嘴」有說謊意；(5)的「弔嘴」亦借作(4)的「掉嘴」，與(1)的「調嘴」相同；(6)的「使嘴」同「使低嘴」，如《醒世姻緣》八：

使低嘴，行狡計罷了。

4. 爭論的「嘴」

(1) 元曲〈誤入桃源　三折鬥鵪鶉曲〉：

我這裡道姓呼名，他那裏嗑牙料嘴。

(2)《西洋記》七十七：

胡游擊道：且來訕什麼嘴，明白要地交羊，我們快去快來。

(3)《金瓶梅》七十三：

兩個又犯了回嘴，不一時拿將壽麵來，西門慶讓吳大舅溫秀才伯爵吃。

(4)《紅樓夢》十七：

才他老子拘了他這半天，讓他開心一會子罷，只別教他們拌嘴。

(1)的「嗑牙料嘴」，(2)的「訕嘴」，(3)的「犯嘴」，(4)的「拌嘴」相當於今天的「鬥嘴」，只是程度有深淺的不同罷了。

5. 表示「嘴」的動作、樣子

(1)《金瓶梅》三十三：

還恁舒著嘴子罵人？

(2)《二刻拍案驚奇》二十一：

正施爲間，那店裏婦人一眼估著竈前地下，只管努嘴。

(3)《醒世姻緣》三十三：

努唇脹嘴，使性生氣。

(4)《三俠五義》三十二：

那人來勢兇猛，噗哧的一聲，鬧了個嘴吃屎。

(1)的「舒嘴」是張口；(2)的「努唇脹嘴」以嘴的動作來表示心中的不高興，但(3)的「努嘴」是以嘴示意，沒有情緒的反映；(4)的「嘴吃屎」是整個人，面向下仆倒，並非嘴眞的吃到屎。

以上五類的「嘴」都是貶義的，「嘴」之用於貶義，最明顯的在《西遊記》中可看出與「口」不具褒貶的中性義的分別。《西遊記》中，一般人的嘴唇稱「口唇」，說到孫悟空、豬八戒則用「嘴」、「嘴唇」，還是用「嘴」的較早期意義和用法。試比較：

第三十九回：「(大聖)著那國王口唇，呼的一口氣，吹入咽喉。」

第五十八回：「模樣與大聖無異，……也是這等毛臉雷公嘴。」

第三十三回：「那八戒……正睡著哩，被他照嘴唇上打了一下。」

《水滸傳》裏「嘴」的用法亦是貶義的，由以上五類的例子可窺知，但如：

第三十八回：「宋江便道，兄弟（指李逵）休要論口，壞了義氣。」

「論口」與二十九回的「說嘴」相對：

武松道：我卻不是說嘴，憑著我胸中本事，平生只是打天下硬漢，不明道德的人。

「論口」沒有任何的貶義色彩，而「說嘴」卻是貶義的，由《水滸傳》與《西遊記》的用法中，我們還可以看到「口」與「嘴」的分別；「嘴」已開始用於人的「嘴」，但大部份是貶義，直到《紅樓夢》等較晚近的小說，「嘴」才失去了貶義色彩，完全代替了口，連許多金陵裙衩的「口」也都說成「嘴」了。例如《紅樓夢》五十四回：

尤氏等用手帕握住嘴，笑得前仰後合。

由此亦可見，「嘴」完全代替「口」成爲說話器官的時間還不算太長。

「嘴」又稱「嘴巴」，「巴」字是詞尾，輕聲；民國 27 年中華書局出版的《辭海》前序裏，有「巴字長編」十義，其中第九條：

巴，輔也；輔，頰，面旁也。

例如「嘴巴，嘴輔，即兩頰也，口圍也。」由此可知，「嘴巴」就是「嘴」。

第五節　「嘴」字詞義的發展

「嘴」本指鳥口，後來凡是口皆稱嘴，這是擴大作用。除了「口」的意義外，「嘴」字在語言上還發展成什麼意義呢？因爲鳥嘴是尖的，往前突出，由此引申，凡是地理位置的突出處，或器物的突出口，皆稱爲「嘴」。

1. 地理位置的突出處

(1) 唐皇甫松〈浪淘沙〉：「去年沙嘴是江心。」

(2) 楊萬里〈登多稼亭蹺望詩〉：「城腰摺處纔三里，山嘴前頭別一村。」

(3) 《宋史・河渠志》：「此因淤塞堰上，山嘴少有溪水流入。」

(4) 元・王惲詩：「巔崖老樹纏冰雪，石嘴杈橫積鐵。」

(5) 明《一統志》：「石嘴山在寧夏衛城東北，二百里，山石突出如嘴。」

(5)的「山石突出如嘴」故名爲「石嘴」山，(2)(3)的「山嘴」，(4)的「石嘴」應是同樣的道理；所差的只是(5)的「石嘴山」因地形而命名，(2)(3)(4)

的「山嘴」、「石嘴」是地形的描述。依「山石突出如嘴」故名爲「石嘴」山的道理，(1)的「沙嘴」是沙灘突出如嘴之處了。

2. 器物的突出口

(1)《桂海虞衡志》:「椀旁植一小管如瓶嘴。」

其他像「壺嘴」、「葫蘆嘴」均是。

第六節　「口」、「嘴」二字詞義發展的參差

作爲器官的名稱，「口」本來只用於人，「嘴」本來只用於畜、獸，區分很嚴，不能混淆，後來在語言詞彙的發展當中，「嘴」專門表示畜、獸類的意義要素消失，因而也可以用於人，最後導致用「嘴」替換「口」，被替換的「口」成了構詞詞素。

「口」被「嘴」替代後，有其他詞義的發展（如第二節所述），「嘴」除了作爲器官名稱外，亦有其他方向的詞義發展，但沒有「口」發展的那麼廣。二字詞義發展重疊的地方，可以說是指「出入之處」。釋名:「口，空也」，「凡中空洞達之處皆可謂之口」(饒炯語)，因此，作爲出入的地方，「口」的範圍比「嘴」來的廣，例如「瓶口」不同於「瓶嘴」，後者專指出入口較細的瓶子。另外，就地勢而言，「門口」不稱「門嘴」(但臺語稱之)，「港口」不稱「港嘴」；山有小「口」，不稱山有小「嘴」，「山口」與「山嘴」是不一樣的，此因「口」引申爲孔穴之義之故。

第四章　例證二：「首」與「頭」

第一節　「首」字的字形

「首」字是古文，小篆作「𩠐」，《說文》：

「百同，古文百也，巛象髮。」

《說文》在「百」字下，以「頭」釋「首」，又以「首」釋「頭」，用轉注的方法，以甲釋乙，又以乙釋甲，眞不知其意云何。觀之全文，其形象目上有眉，如此一來，與「眉」字同體，因「眉」亦象眉形下加目以見目上之爲眉。「首」爲什麼像眉目之形？雖然眉目在首之上，究竟不可指眉目爲首。而且小篆「𩠐」，上面「巛」即使象髮，可是下面的「𦣻」與「首」又有什麼關係呢？《說文職墨》〔註1〕的說法頗有道理。其認爲「𩠐」是變體，本當作「[illegible]」，觀「県」字從倒首可知。「眉」與「首」均與「面」字有關。「面」本來只以「□」象面形，中間空無一物，不容易表達是「面」字；但又不能以眉、目、口、鼻悉畫於內，於是只畫一眉一目於內，就比較容易認識爲「面」字，故「面」開始必當作「[illegible]」，後變爲「[illegible]」省目上的「[illegible]」，而加「[illegible]」於目內。「首」從「面」字省略而來，「[illegible]」省則爲「[illegible]」，「[illegible]」省則爲「[illegible]」；「[illegible]」爲正體，「[illegible]」爲變體，則「[illegible]」亦爲正體，「[illegible]」亦爲變體，省去「□」爲「首」，「首」爲會意

〔註1〕見《說文解字詁林》九上，首部。

字是非常明顯的。「眉」「首」二字雖同體，但「眉」是增體的象形字，而「首」是減體的會意字。

說文以「𦣻」爲象形，可是人之「首」上怎麼會有橫畫呢？因此「𦣻」不可以用來象「首」，則「巛」亦不能用來象「髮」了。可是人「首」之上爲什麼會有橫畫，此由「目」字可得到解答。「目」本作「⊙」，篆變爲「罒」，觀「瞏」「眔」等字所從，可知因施於偏旁則不能配合，遂直書作「目」，後來本字亦變爲直書了。「水」字亦如此，本當作「≈」，觀「益」等字所從，可知也因施於偏旁則不能配合，故直書作「氺」，後來本字亦變爲直書。古文「目」字作「𡇂」，其中的「八」究竟指何物，不易了解，如果研究「首」就可以知道了。因爲「𥄉」上象眉，下從目，變而爲「𦣻」，則「眉」跑到「目」中了；又增益「𦣻」則爲「𥄉」，省「厂」筆即爲「𥄉」，「𥄉」等於是眉上加眉，但仍以上象眉下從目來說「𥄉」字，故「𦣻」就相當於「目」字了。古文的「◎」學此方法，加入「八」於其中，成爲「𡇂」的形狀。

至於「𦣻」字缺右角，作「𦣹」，沒有實質上的意義，只是爲了與「目」字區別；正如「面」字亦缺右角，作「𠚑」，是爲了與「□」字分別罷了。

依《說文職墨》的說法，古代一定先有作爲「面」字的「□」，而且先有「𦣻」，後有「𥄉」，再後有「𡇂」。這種假設與立論未免武斷，無據可證，故難免牽強傳會，但就其探討的途徑卻不失參考的價值。

第二節　「首」字的字義

檢尋我們「首」字的語料，「首」字字義大致如下：

1. 人體脖子上的「頭」。
2. 首先。
3. 首領、元首，第一人。
4. 方向，向著。
5. 自首。
6. 計算詩文詞賦的單位，等於「篇」。

歸納我們的語料，「首」字有六個意義，與《中文大辭典》相比較，辭典洋洋洒洒列了二十個意義，二者的差別因意義歸納範圍大小而不同；此外，辭典是把歷史上曾經出現的意義，即算爲一個意義，像《禮記・曲禮》：「進劍者左首。」首的意義是「刀環」；又《漢書・輿服志》：「凡先合單紡爲一系，四系爲一扶，五扶爲一首。首的意義是「緩組」，諸如此類的用法，只能在古籍上找到例證，今天的口語、書面語大概是用不到了，對我們研究詞義的發展無關緊要，可略而不談。

「首」字本應是《說文》的「頭」，即人體脖子上的器官，除了「頭」字意義外，當然它還發展出很多新義來，我們試著作一探討。因「首」作爲「頭」義，是指人身上最高或其他動物身上最前的一部份——頭頂，就由很高、最前引申，有「首先」一義，這一引申義有兩個途徑，一個途徑是人的領導者，如「元首」、「首領」、「首項」，或排在第一的人、物品，如「霸首」、「首卷」；另一個途徑是指時間的「首先」、制度的創始，或最先的行爲等；由此引申有「要點」、「重要」之義，既然是「重要」的，必可作爲「根本」、「依據」，於是「根本」、「依據」的意思就被引申出來了。

「首」字有「向」、「方向」義，這是詞義的轉移。

「首」當計算詩詞賦的單位，爲什麼呢？似乎無法理解。

第三節　「首」字詞義的發展

「首」字的本義是「頭」——人身上最高、動物身上最前的一部分，在現代的口語中，這個意義已被頭取代了，但在古代，尤其是戰國以前卻是大量運用的。

（一）「頭」的意義

1. 戰國以前

（1）《詩衛風・伯兮》：

願言思伯，甘心首疾。

（2）《穀梁》定公十年：

首足異門而出。

（3）《戰國策・秦策》：

刳腹折頭，首身分離，暴骨草澤。

(4)《莊子・天運》:

行者踐其首脊。

(5)《左傳》:

高首而修頸。

在我們的語料裏,戰國以前「首」表「頭」義有十八個,就不一一列舉。

2. 兩漢以後

(1)《論衡・命祿》:

凡有首目之類,含血之屬。

(2)《漢書・衛青傳》:

斬三千七百級。顏師古注:本以斬敵一首拜爵一級,故以一首爲一級。

(3)《釋名》釋首飾:

王后首飾日副。副,覆也,以覆首,亦言副,貳也,兼用眾物成其飾也。

(3)的「首飾」本專指飾頭部的物品,現代口語則無論頭上、手上、身上的飾物,皆謂之「首飾」;劉熙《釋名》把冠晚弁幘簪纓笄頊之類的頭飾物,都列於「首飾篇」,包括男人及女人的頭飾,現在就專指女人的飾物。因此,「首飾」一詞,就配戴範圍而言是擴大,就配戴人物而言,則是縮小了。《文選》曹植〈洛神賦〉:「戴金翠之首飾,綴明珠以耀軀。」「首飾」與「身軀」相對,可見當時之首飾專指頭上戴的。「首飾」另有「頭面」說法,至少在宋代就已有了,如《東京夢華錄》:「相國寺兩廊賣繡作,領抹花朵珠翠之類。」及《乾淳起居注》:「太上太后幸聚景園,皇后先列宮中,起居人幕次換頭面。」

3. 隋唐以後

(1)《漸備一切智德經》:

以四海水,洗太子首體。

(2)《十八史略》春秋魯:

首足異處。

(3)《西洋記》：

我的六陽首級砍下來與你。

「首」為「頭」義，在先秦用的較多，隋唐以後就少了，這當是「首」被「頭」取代後的現象。

(二)「首」由「頭部」義

引申出來的引申義是「首先」，這種用法非常普遍。例如：

1. 戰國以前

(1)《國語．晉語》九：

段規反首難，而殺智伯于師，遂滅智氏。

(2)《管子．立政》：

首憲既布，然後可以布憲。

(3)《左傳》：

諸侯每首歲，必有禮於廟。

2. 兩漢以後

(1)《史記．儒林傳》：

故教化之行也建首善，自京師始。

(2)《史記．悼惠王古家》：

而章身首先斬相國呂王產於未央宮。

(3)《漢書．蕭望之傳》：

三公非其人，則三光為之不明，今首歲日月少光。師古曰：首歲，歲之初，謂正月也。

(4)《漢書．武帝紀》：

將軍王恢坐首謀不進，下獄死。

(5)《漢書．徐樂傳》：

雖布衣窮處之士，或首難而危海內，陳涉是也。

(6)《後漢書．孔融傳》：

章表署用，輒使首名。

(7)《後漢書・李通傳》：

首創大謀。

(8)《文選・沈約齊故安陸昭王碑文》：

威令首塗，仁風戴路。

(9)魏文帝《魏賦》：

伊募春之既替，即首夏之初期。

(10)《梁元帝纂要》：

孟春曰首春。

七月曰首秋，亦曰上秋。

(11)《文選》鮑照〈行樂至城東橋詩〉：

迅風首旦發，平路塞飛塵。

(3)(9)(10)(11)的「首歲」、「首夏」、「首春」、「首秋」、「首旦」，今語的語序剛好顛倒，意義卻不變。

3. 隋唐以後

(1)韓愈〈平淮南西碑〉：

魏將首義，六州降從。

(2)《福惠全書・蒞任部》：

郯紅爲東省首衝。

在白話小說中，「首」的詞義往往不能一目了然，例如《水滸傳》二十六：

原來縣吏都是與西門慶有首尾的，官人自不必說。

此的「首尾」是「關係」、「聯繫」。其實「首尾」一詞，首見於《左傳》文公十七年：

古人有言，曰畏首畏尾，身其餘幾。

注：言首尾有畏，則身中不畏者少。

「首尾」是從頭到腳，引申爲從開始到結束；這詞彙一直爲例代沿用，但形態已變。例如《漢書・藝文志・形法》：

然形與氣相首尾。

《後漢書・竇融傳》：

　　緩急迭用，首尾相資。

《三國志・魏志鐘會傳》：

　　數百里中，首尾相繼。

　　四面雲集，首尾並進。

從「畏首畏尾」到「首尾」，演變過程與「首趾」同。「首趾」本指首與足趾，就是「始終」之義，《莊子・天地》：

　　凡有首有趾者少，無心無耳者眾。

從頭部到腳趾，從上面到下面，從開始到結束，由這些意義引申，終至白話小說的「有關係」。

（三）「首」由「首先」義發展

有兩個方向的發展途徑，一是指人的領導者；一是指時間上、次序上的領先。

1. 領導者

(1)《隋書・郭榮傳》：

　　黔安首領田羅駒。

(2)《宋史・曾公亮傳》：

　　首相韓琦每咨訪焉。

(3)《宋史・龔茂良傳》：

　　上命茂良，以首參行相事。

(4)《古今小說》三十：

　　與本處慧林寺首僧圓譯為友。

(4)的「首僧」以今口語來說是：當家的和尚。(1)的「首領」相當於「領袖」，但先秦、兩漢的「首領」義並不如此。例如《春秋》二十五年：

　　獲保首領以歿。

《左傳》襄公十三年：

　　獲保首領以歿於地，唯是春秋窀穸之事。

《管子・法法》：

是以三軍之眾，背得保其首領。

《漢書・楊惲傳》：

豈意得全首領，復奉先人之丘墓乎。

至少在《漢書》以前，「首領」是「頭」與「脖子」，「領」是頸部，另外，衣服的護頸處，總領衣服的地方，亦稱「領」，，因此「首領」從人身上器官的名稱引申為「領導者」。「首領」、「首相」一般說來屬於褒義或不具褒貶的中性義。至於有關犯罪的「首」是屬於貶義的，例如：

(1)《公羊》僖公二年：

虞，微國也，曷為序大國之上，使虞首惡也。

(2)《春秋繁露》：

春秋之聽獄也，首惡者罪特重。

(3)《史記・郅都傳》：

至則族滅瞷氏首惡。

(4)《說苑・復恩》：

盾雖不知，猶為首賊。

(5)《文選》司馬相如〈封禪文〉：

首惡鬱沒，晻昧昭晰。

(6)《福惠全書・邢名部賊盜上緝補》：

為首窩等賊。

(7)《六部成語・邢部首犯注解》：

作罪為首之人也。

從古到今的例子很多，謹舉七例。今語「以某某為首的團體」的用法，大概可追溯漢朝「為首」賊吧！

2. 時間、次序上的領先

(1)《大學》章句：

右傳之首章，釋明明德。

(2)《史記・宋微子古家》：

微子開者，殷帝之首子。

(3) 曹植〈金瓠哀辭序〉：

予之首女，雖未知能言，固已授色而知心矣。

(4)《後漢書・明帝紀》：

漢宮儀，三老五更，皆取有首妻男女全具者。

(5)《晉書・禮志》：

養姑於堂，子爲首嫡。

(6)《宋史・選舉志》：

無所畏避，宜擢首選。

(7)《宋書・武帝紀下》：

彭沛下邳三郡，首事所基。

(8)《福德全書・編審部開報冊單》：

首頁要一里總。

今天，我們計算單位仍處處用「首」，如「首卷」、「首冊」、「首席」等，從古到今，這用法是固定的。

(四)「首」由時間、次序上的領先引申

有「重要」、「要點」的語義。例如：

(1)《三國志・魏志和洽傳》：

時見拔擢，顯在首職。

(2)《福惠全書・保甲部功罪賞罰》：

以編保甲造保甲冊爲首務。

我們只找到兩個例證而已，大概在應用上就直接以「要職」、「要務」說之，故「首」之此義逐漸萎縮。

(五)「首」有「脖子」義

這是詞義的轉移，由「脖子」到「方向」則是引申了。

(1)《論語》:

疾,君視之東首。

(2)《禮·玉藻》:

君子之居恒當戶,寢恒東首。

(3)《漢書·韓信傳》:

北首燕路。

(4)《後漢書·袁紹傳》:

若舉軍東向,則黃巾可掃,回師北首,則公孫必擒。

由(4)的「東向」與「北首」相對,可知「北首」是「北向」。「北首」除「北向」外,有其引申義的發展,例如《北史·隋煬帝紀》:

翻然北首,自求多福。

此處的「北首」就不太單純的向北方了。古代「南面爲王」,當然北面爲臣,推知「北首」意義就很明顯了。

(六)「首」的「自首」意義

當與「首」的脖子義有關。因爲自首是伏首認罪,「伏首」需要脖子的轉動。這層意義,如今只保留「自首」一詞,但在歷史上卻有多個用詞。例如:

(1)《公羊》恒公三年:

故以鄿首服。

(2)《三國志·魏書鄧哀王沖傳》:

議欲面縛首罪,猶懼不免。

(3)《後漢書·劉焉傳》:

皆校以誠信,不聽欺妄,有病,但令首過而已。

(4)《後漢書·王龔傳》:

不自首實者,盡入財物。

(5)《唐律·名例》:

於財主首露者,與經官司自白同。

(6)《唐律・名例》：

既開首捕之路，此類各合全免。

(7)《資治通鑑・唐紀》：

武則天長安四年，準法首原。

(8)《宋史・眞宗紀》：

有司請違法販茶者，許同居首告。

(9)《水滸傳》十二：

他是個首身好漢，又與東京街上除了一害，中二家又沒苦主，把款狀都改得輕了。

例中的「首」字，皆是「自首」義；「自首」是主動的，如果由別人行之，就是被動的自首，當然意義有些許改變。例如《儒林外史》十三：

若還首出來，就是殺頭充軍的罪，他還敢怎樣你。

《官場現形記》十七：

你寫信只管打官話，是不怕他出首的。

兩個例子由上下文推知「首」字意義是「告發他人罪行」，剛好與「自首」方向相反，詞義的發展倒是來去自如。

另外，「首」字也用來稱頭髮，例如《詩衛風・伯兮》：

自伯之東，首如飛蓬。

《文選・李陵答蘇武書》：

皓首窮經。

「皓首」是「白頭」，「首如飛蓬」是「頭如飛蓬」，頭會白，頭像飛蓬，頭當然是指「頭髮」了，這是詞義的縮小。

此外，我們看《詩衛風・碩人》：

螓首蛾眉。

傳：「螓首，顙廣而方」，詩集傳：「螓如蟬而小，其額廣而方正」，「首」指「額頭」；雖然是同樣的「頭」，範圍卻縮小許多，用全體代表部份了。

第四節　「頭」字的字形

「頭」字是一個後起的形聲字。從先秦至兩漢的書面記錄看來，和「頭」字意思相當的，還有「天」「元」「首」等字。「天」「元」「首」出現的時間較早。《易經・暌卦六三》：

見輿曳，其牛掣，其人天且劓，天初有終。

《左傳》襄九年：

元者，體之長也。

《孟子・滕文公》：

勇士不忘喪其元。

《詩邶風》：

愛而不見，搔首踟躕。

《詩衛風・伯兮》：

自伯之東，首如飛蓬。

由先秦文獻看來：「天且劓」之「天」是「鑿穿人頭的酷刑」，「天」蓋指人頂而言，此與「天，顚也」及天的造字義相符合。「喪其元」之「元」是指「人頭」。「首」指「人頭」或「頭髮」。

先秦以後的文獻，「頭」字才取代「天」「元」「首」的地位，大量出現。例如《史記・廉頗藺相如傳》：

大王必欲急臣，臣頭今與璧俱碎於柱矣。

《史記・范睢傳》：

范睢曰：爲我告魏王，急持魏齊頭來。

《漢書》：

陳尊長八尺餘，長頭大鼻，容貌甚偉。

吾聞購我頭千金，邑萬户。

「天」「元」「首」與「頭」義相近，爲什麼「頭」字大行其道，取代了「天」「元」「首」諸字，這是沒道理可言的。語言文字中，何者會受到歡迎，何者被冷落淡忘，甚至趨於淘汰，完全是群眾心理因素，往往說不出個所以然來。雖然「天」「元」「首」做爲「頭部」義爲「頭」字取代，但「天」「元」「首」並沒有自歷史上消失，而有其他意義的發展，這也是語言文字不斷新生的原因。

第五節　「頭」字的字義

《說文》訓「頭」爲「首」，又訓「首」爲「頭」。歸納我們的語料，「頭」字意義有：

1. 人頭。人身上最高或其他動物身上最前的一部份。
2. 頭髮。
3. 最前或最上的一部份。
4. 首領。
5. 事情的開端。
6. 第一、首先。
7. 計算人、牲畜或其他東西的單位詞。
8. 指「人」。
9. 當助辭用。

根據語料，我們歸納「頭」字有九個意義，與《中文大辭典》相比較，辭典列有十八個意思，這是意義範圍大小而產生的差異，在意義的分類上並無差別。

「頭」的基本義是人的腦袋，也包括其他動物的頭部，是人身上最高或其他動物身上最前的一部份。由這部份縮小引申是指人的頭髮；擴大引申是指人，有時候是特定的人——首領。因爲「頭」是人身上最高其他動物身上最前的部位，由此引申，凡是東西、地理位置最前、最高、最上面的部位，亦稱「頭」；另外，事情的開端，時間、次序上的領先，也是「頭」。這都是「頭」字字義的引申。

「頭」可用來稱呼人，亦可用來計算人，不但計算人，亦計算牲畜或其他東西，這屬於單位詞了，是意義的轉移。

此外，「頭」字大量出現於助詞的位置，當作詞尾。

「頭」字取代「首」字的「頭部」義，先秦以後的文獻大部份就以「頭」來指稱人的「頭部」了。以下我們就大致介紹。

1. 兩漢以後

(1)《新序・善謀》：

暴骸骨於草澤，頭顱僵仆。

(2)《禮記・玉藻》：

頭頸必中。

(3)《漢書・武王子傳贊》：

暴骨長城之下，頭盧相屬於道。

(4)《論衡・初稟》：

天無頭面，眷顧如何。

(5)《史記・淮陰侯傳》：

殺成安君泜水之南，頭足異處。

(6)《說文》：

小兒及蠻夷頭衣也。

(7)《本草》：

時珍曰：古以尺布裹頭爲巾，後世以紗羅布葛縫合，方者爲巾，圓者爲帽。

(8)《三國志》：

安有國家長史，爲賊叩頭。

(9)《後漢書・霍輔傳》：

昔竇鄧之寵，傾動四方，及其破壞，頭顙墮地。

(10)《後漢書・祭肜傳》：

欲立功，當歸擊匈奴，暫送頭首。

(11)《後漢書・酷史傳》：

碎裂頭腦而不顧。

(12)《玉篇》：

髗，力胡切，頭髗也。

(1)的「頭顱」等於(3)的「頭盧」，與(9)的「頭顙」，(10)的「頭首」都是二字一義，指「頭部」而言，這種構詞形態與(2)的「頭頸」，(4)的頭面，(5)的頭足，(11)的「頭腦」相似，都是兩種器官詞素的並列，(4)的「頭面」其實是顏面，此外更有「頭飾」——首飾之義，這是我們在第三節討論過的。(11)的「頭腦」由「頭顱」的意思，引申而有「思想」之義。例如范成大〈田園雜興詩〉：

　　長官頭腦冬烘甚，令汝青錢買酒回。

《唐摭言》：

　　主司頭腦太冬烘。

用今天的話說來，有「頭腦」就是有「腦筋」了，以人體的部位代表部位的作用，這是詞義的轉移。

2. 隋唐以後

(1) 韓愈〈送窮文〉：

　　主人於是垂頭喪氣，上手稱謝。

(2)《南唐書》徐鉉語：

　　舉頭三尺有神明。

(3)《傳燈錄》：

　　釋迦是牛頭獄卒，馬祖是馬面阿旁。

(4)〈許洞嘲林君復詩〉：

　　豪門送物鵝伸頸，好客臨門鱉縮頭。

(5)《水滸傳》：

　　你也須有耳朵，好大膽，直來太歲頭上動土。

(6)《水滸傳》五一：

　　你若省得這子弟門庭時，狗頭上生角。

(7)《醒世姻緣》十四：

　　自己討了保，灰頭土臉，瘸狼渴疾，走到家中。

(3)的「牛頭獄卒，馬面阿旁」後來縮成一句成語「牛頭馬面」，它的意義本來是專指，指釋迦、馬祖，後來泛指陰司鬼卒，更後來亦形容生人了，以部份代替全部，這是詞義的擴大。(4)的「縮頭」讓我們了解兩件事，一是動物的頭部亦稱「頭」，二是「縮頭」本形容鱉把頭縮進背殼的動作，意義轉移後，卻用來罵人，此與「縮頭龜」一詞類似，但「縮頭龜」本指人，不是動作；唐朝時樂戶皆著綠頭巾，後因龜的頭爲綠色，於是就稱著綠巾的人爲龜，元朝時已用爲訕罵人的言語了。例如《輟率錄・嘲慶家子孫詩》：

宅眷皆爲撐目兔，舍人總作縮頭龜。

(5)的「太歲頭上動土」，太歲是木星，如此一來，不但動物有頭，連星座亦有頭了。「太歲頭上動土」是「自取其禍」的意思，因古人視木星爲凶煞，據說，倘有人在木星出現的方向動土建築，便要發生禍殃。(8)的「狗頭上生角」意指「奇怪的事」、「不可能發生的事」，從對事情的描述，到指事情，這是引申的結果。

從上面的例子我們可以印證第二章第一節所述字義和詞義的關係。在這一節的例子中，「頭」字意義很容易可觀察出，但由「頭」所構成的詞的詞義，就有其引申甚至轉移的意義了。

第六節　「頭」字詞義的發展

（一）指「頭髮」

「頭」由「頭部」縮小引申變成「頭髮」，此在古文獻上不乏例證。在我們的語料中，最早在漢方出現。

1. 兩漢以後

(1)《釋名》釋長幼：

七十曰耄，頭髮白耄耄然也。

(2)《潛夫論・浮侈篇》：

裁好繪作疏頭，令工彩畫。

(3)《後漢書・先武紀》：

每一發兵，頭鬚爲白。

(4)《魏書》：

君子整其衣冠，尊其瞻視，何必蓬頭垢面，然後爲賢。

(5)《文選》揚雄〈長楊賦〉：

高祖一日之戰，不可殫記，頭蓬不暇梳，饑不及餐。

(6)韓愈〈進學解〉：

頭童齒豁，竟死何裨。

(7)白居易〈春題華陽觀詩〉：

落花何處堪惆悵，頭白宮人掃影堂。

(8)黃庭堅詩：

身不出家，心若住，何須更覓剃頭書。

(9)《元曲・西天取經劇一後庭花曲》：

他把頭梢揪住，風悄悄，水聲幽，蒲葦枯。

(1)的「頭髮」，頭者髮也，二字同一義。(2)的「疏頭」當是「梳頭」，與(5)「頭蓬不暇梳」相對照，意思就很清楚了。(3)的「頭鬚」，由「鬚」不會長在頭上，知「頭鬚」的「頭」是「髮」。(4)的「蓬頭」與「垢面」相對，從「面」我們知道「蓬頭」的「頭」是「髮」。(6)的「頭童」形容頭上光禿禿，頭上光禿無毛，當然是無「髮」了。(9)的「頭梢」，「梢」是末稍，頭部的末梢不是頭髮還有什麼？

(二)「頭」用來指「人」，這是詞義的擴大

這種用法大致出現於白話小說中，在我們的語料裏，最早在元曲中才有此用法。例如：

(1)《元曲・兒女團圓一折寄生草曲》：

可知我這個酒糟頭，不識你這拖刀計。

(2)《水滸傳》二：

張我莊內做什麼？莫不是來相相腳頭？

(3)《元曲・貨郎旦劇一折尾曲》：

若非是小扒頭叫我一聲娘呵！允得不怨氣沖天氣殺我。

(4)《醒世恒言》三：

來往的都是大頭兒，要十兩放光纔住一夜哩。

(5)《醒世烟緣》七十二：

咱別耍扳大頭子，還是一班一輩的人家，咱好展爪。

(6)《金瓶梅》四十七：

怪油嘴兒，要飯吃，休要惡了火頭。

(7)《拍案驚奇》三十三：

天祥沒有兒女，楊氏是個二婚頭。

(8)《紅樓夢》四十七：

小鬼頭，你怕些什麼？不過罵幾句就完了。

(9)《海上花列傳》二十：

老老頭高興得來，點仔十幾齣戲。

(10)《堅瓠集》：

洪武微行，聞一老嫗呼爲老頭兒，洪武怒。

(11)《醒世姻緣》七十：

卻好一個拐子頭。

(12)《石點頭》三：

這王珣卻是老實頭，沒材幹的人。

(1)的「酒糟頭」是指喜歡喝酒，整天糊里糊塗的人，即俗所謂「酒鬼」。(2)的「相腳頭」舊時盜賊做案之前，先去看下手的路線的那個人。(3)的「小扒頭」指小孩。(4)「大頭兒」是大人物，今天閩南語形容大人物亦稱「大頭」。(6)的「火頭」是管燒飯的人，相當於「伙伕」；另外一種人也叫「火頭」，看看《驚世通言》十七的例子：

德稱因腹餒綏行了幾步，被地方拿他做火頭，解去官司。

這裏的「火頭」是「肇禍的人」。(7)的「二婚頭」專指再嫁的婦人。(8)的「小鬼頭」是小孩，尤其是罵小孩，用的是貶義。(9)(10)的「老老頭」、「老頭兒」同指老人。(11)的「拐子頭」是服侍老人的小孩，因老人行動時扶著小孩，當作拐杖。(12)的「老實頭」指老實人。由以上的例子，我們可發現，「頭」指人，可以指男人，亦可以指女人，可以指老人亦可以指小孩；另外以「頭」代人，意義多少有一點貶義，像我們常說「尊敬老人」，卻不會說「尊敬老頭」，「老頭」本身已有一絲貶義，談何尊敬，而這也是以「頭」代人只出現於白話小說而未見於經籍之一因了。

除了「頭」代人之外，尚有以「口」「手」代人者。例如「口」有「大口」「小口」「五口之家」「這口子」「那口子」「兩口子」等。「手」有「打手」「扒手」「捕手」「槍手」「選手」「投手」「國手」「能手」等。

此外，「生」「家」「者」「員」「夫」亦都可以用來代人。例如「生」有「學生」「醫生」「服務生」「練習生」等。「家」有「作家」「畫家」「運動家」「文學家」等。「者」有「學者」「讀者」「作者」「記者」等。「員」有「委員」「僱員」「專員」「特派員」「觀察員」等。「夫」有「農夫」「漁夫」「樵夫」「車夫」「屠夫」等。當然亦有直接用「人」的，例如「農人」「工人」「商人」「學人」等。「生」「家」「者」「員」都與人的身體無關，其所以代表人的原因，是因爲：「家」從古代「儒家」「墨家」之「家」沿襲而來，「家」於「儒家」「墨家」顯然是指宗派，其後語義縮小，就以「家」代人。「生」本來具有「出生」「生長」「生活」的意義。以「生」代人，大概是：先出生者爲「先生」，後出生者爲「後生」，年齡較長者爲「老生」，年齡較短者爲「小生」，後來語義擴大，乃用以代替一切的人。「者」本爲代詞，現在轉化爲人稱名詞。「員」本爲計算的量詞，如「一員大將」，現在轉化爲代詞。「夫」字，古代是男子的通稱，如「丈夫」「夫子」，後引申爲一般人士的通稱。

（三）「頭」可代人

有時指特定的人，尤其是某件事的領導者。這種用法大約中古才出現。例如：

(1)《宋書．文穆王皇后傳》：

衣被故敕，必責頭領。

(2)《元曲章．聖政》：

凡進征軍人臨陣而亡者，被傷而死者，其家屬理當優恤，仰各頭目用心照管。

(3)《二刻拍案驚奇》三十二：

如此兩位大頭腦去說那些小附舟之事，你道敢不依從麼。

(4)《金瓶梅》十二：

老媽便問作頭；此是那裏的病？

(5)《醒世恒言》三十五：

奴僕雖是下賤，也要擇個好使頭。

(2)的「頭目」是元朝領軍官的稱呼，在先秦及兩漢，「頭目」未脫離頭及目的字面義。例如《荀子・議兵》：

下之于上也，若手臂之扞頭目也。

《漢書・刑法志》：

夫仁人在上，爲下所仰，猶子弟之衛父兄，若手足之扞頭目。

《論衡・命祿》：

若千里之馬，頭目蹄足自相副也。

三個例子中的「頭目」都是指頭部及眼睛，人的頭部用以思考，眼睛用以觀察，兩個器官對處理事情極端重要，故由「頭目」的本義引申爲「首領」。(3)的「大頭腦」相當於「首腦」，高級長官之義。(4)的「作頭」是「作工的頭」，即「工頭」。(5)的「使頭」是奴僕對主人的稱呼。相當於「頭家」的稱呼。「頭家」有很多種，奴僕對主人的稱呼是一種，另外，賭博時，司勝負的那個人亦是「頭家」，現在的口語習慣，當老板者，亦呼爲「頭家」;「頭家」的「家」亦是指人，此在前面已提過。

(四)「頭」是人體最上面或其他動物身上最前面的器官

由此引申，凡是東西的頂端，或是地點最高處，或是事情的首次都是「頭」。

1. 東西最前或最上的一部分，如「船頭」，但「船頭」又有不同的意義。例如《警世通言》一：

伯牙大驚，叫童子去問船頭。

「船頭」怎可問之？原來此之「船頭」是船家的「頭目」，詞彙意義的了解，實在需要靠句子上下文的幫助的。

2. 地理位置最高或最前之處。如「山頭」、「江頭」。「江頭」不一定是江的上游，常常是指「江邊」，例如杜甫〈曲江詩〉：

朝回日日典春衣，每日江頭盡醉歸。

李賀〈追和柳惲詩〉：

江頭樝樹香，岸上蝴蝶飛。

司空圖〈楊柳枝壽林詞〉：

笑問江頭醉公子，饒君滿把麴塵絲。

歷代有多位詩人，以「江頭」爲題大作詩文。

3. 事情的開端，例如《朱子語錄》：

若是有頭無尾的人。

《程子中庸解》：

誠者物之終始，猶俗言徹頭徹尾。

「徹頭徹尾」義爲「始終」，此是語義引申的結果，至少在魏，「頭尾」用的是本義——頭部與尾巴。例如孔融《聖人優劣論》：

馬之駿者，名曰騏驥……寧能頭尾相當，八腳如一，無有先後之覺也。

又〈曹植獻馬表〉：

臣於先武皇帝世，得大宛紫騂一疋，形法應圖，善持頭尾，教令習拜，今輒已能。

（五）事情的第一或第一次

在我們的語料中，此意思的詞彙，隋唐以後才出現。

(1) 王建〈宮詞〉：

一半走來爭跪拜，上棚先謝得頭籌。

(2)《茶香室叢鈔》：

宋人異聞總錄載，……謂曰：聖帝惟享頭爐香。

(3)《元曲・漁樵記劇一折孤白》：

左右！擺開頭踏，慢慢的行。

(4)《宋史・蘇軾傳》：

軾以書見歐陽修，修語梅聖俞曰：吾當避此人出一頭地。

(5)《遼史・營衛志》：

皇帝得頭鵝。

(6)《遼史・天祚紀》：

酋長在千里內者，以故事皆來朝，適遇頭魚宴。

(7)《正字通》：

俗呼醨爲尾酒，醇爲頭酒。

(8)《六部成語》戶部：

頭幫注解：第一幫之船也。

(1)的「得頭籌」是搶在最前面，相當於今天的「拔頭彩」。(3)的「頭踏」是「儀仗」，官人出巡，走在隊伍前面開路者。(4)的「頭地」，「頭」，「首」也，最高地位之義。(5)的「頭鵝」是最初捕得的鵝。(6)的「頭魚宴」是遼代習俗，天子釣得頭一等的魚時所行的酒宴。(7)的「頭酒」是首先釀出的酒，酒味最佳。(8)的「頭幫」是「第一幫」即「第一批」。以上這些詞彙，如果次序顚倒，則意思全然不同了。

（六）事情的頭緒

此義與事情的開端（見（四）之 3.）有分別。事情的頭緒是事情的端倪；剛開始進行所露出的徵兆；而事情的開端是事情已開始著手的情況，較爲具體。

(1) 蔡邕〈上漢書十志疏〉：

尋繹度數，適有頭緒。

(2) 李白〈荊州歌〉：

繰絲憶君頭緒多。

(3)《福惠全書》：

庶知其頭緒，以便預爲籌畫。

(4) 章太炎《新方言》：

諸細物爲全部端兆及標準者，皆爲苗，或云苗頭，今俗言事之端緒每云苗頭是也。

（5）《官場現形記》五：

這人在衙門裏幫管帳房，肚裏卻還明白，看看苗頭不對。

（6）《蕩寇志》八十三：

不來頭與高封鬧起來，這禍更速。

(4)的「苗頭」，章太炎作了很好的解釋。(6)的「來頭」相當於「無端」「沒來由」之義。另外「頭頭是道」一詞，現在用來形容講話或寫文章道理充足，爲人所稱許，但我們看《明儒學案》：

黃梨州云：頭頭是道，不必太生分別。

從「不必太生分別」我們可理解「頭頭是道」是「殊途百慮，一致同歸」之義，如此說來，「頭頭是道」的「頭頭」亦可理解爲「每一個」頭緒，這是詞義的轉移。

（七）計算牲畜或其他東西的單位詞

以「頭」當計算單位出現的晚，在我們的語料中，最早是唐代。

（1）〈維摩詰經講經文〉：

心能了處頭頭了，心若精時處處精。

（2）杜預〈水利疏〉：

種產牛有四萬五千餘頭。

（3）《朱子語類》：

許多頭項，都有歸著。

（4）《水滸傳》第六回：

僧門中執事人員，各有頭項。

（5）《儒林外史》四十五：

昨日那件事，關在飯店裏，我去一頭來。

（6）《儒林外史》二十一：

如今到有一頭親事，不知你可情願。

(1)的「頭頭」是「事事」「樣樣」「件件」。(3)(4)的「頭」就是「項」，「項目」之義。(5)(6)的「一頭」分別是「一次」「一樁」，在《紅樓夢》十二：

諸如此症，不上一年，都添全了，於是不能支持，一頭跌倒。

這裏的「一頭」是「一下子」，很短暫的時間，就跟計算單位無關了。

（八）作詞尾「頭」

「頭」用本讀陽平，但作詞尾的「頭」或「頭兒」，絕大多數是輕聲，只有少數仍維持陽平不變調，如「工頭」「心頭」「年頭」等。以「頭」爲詞尾所構成的詞彙，幾乎百分之九十九是名詞，我們大膽的說：輕聲「頭」詞尾和「頭兒」詞尾，是表示名詞的詞尾，應該不爲過。這個當詞尾的「頭」或「頭兒」本身沒有確實意義可言，他只是「爲人作嫁」，幫助其他的詞素，結合成詞而已。這些詞彙在歷代出現頗不少，以下分別列舉。

1. 魏晉南北朝

(1)《後漢書・章帝紀》：

此若是户頭之妻不得更稱爲户，蓋謂女户頭。

(2)《宋書・王玄謨傳》：

聊復爲笑，伸卿眉頭。

身體的部位常冠以「頭」字，例如(2)的「眉頭」，另外「舌頭」「肩頭」「口頭」「心頭」等，這類的「頭」字讀陽平，不讀輕聲，這大概由於下面的原因：

他們已經是詞而不是詞素，如「心」「手」，已經是詞，可以單說，後面所接的「頭」實際上是「裏頭」一詞之節縮，故「心頭」即「心裏頭」，只不過「裏頭」之「頭」讀輕聲，「心頭」之「頭」讀重音而已。

2. 唐　朝

(1) 孟郊詩：

面結口頭交，肚裏生荊棘。

另外，唐人考試對策問用的問題也叫「問頭」，「問題」等於現在的「問題」（問題不知起於何時，南宋已有）。

3. 宋　朝

(1)《鶴林玉露》：

陳了翁日與家人會食，食已，必舉一話頭，令家人替。

(2)《唐書・食貨志》：

大歷元年有地頭每畝二十。

(3) 宋〈神童詩〉：

眞個有天沒日頭。

(1)的「話題」等於「話題」。(2)的「地頭」就是所在地。(3)的「日頭」用法，還保留閩南語中，閩南語稱太陽就是「日頭」。

4. 元　朝

(1)《水滸傳》五：

洒家是五台山來的僧人，要上東京去幹事，今晚趕不上宿頭，借貴莊投宿一宵。

(2)《元曲・救風塵劇一折周舍白》：

我爲娶這婦人呵！整整磨了半截舌頭。

(3)《元曲・翦髮待賓劇二折呆骨朵曲》：

你待要閨中養艷珠，姐姐也我則理會得棒頭出孝子。

(4)《元曲・漁樵記劇二折旦兒白》：

我和你頂磚頭，對口詞，我也不怕你。

(5)《元曲・董西廂喜遷鶯纏金曲》：

盡是沒意頭拘捕男女，覷見我軍半萬如無物。

(2)的「磨了半截舌頭」是「大費口舌」之義。(4)的「頂磚頭」是「打官司」。元曲中與「頭」字有關的詞彙，其詞義都是引申再引申，需藉上下文得窺其詞義。

5. 明　朝

(1)《警世通言》：

食在口頭，錢在手頭，費一分，沒一分，坐吃山空。

(2)《拍案驚奇》二：

把一塊心頭肉嫁了過去。

(3)《拍案驚奇》二十：

原來那婆子雖有三十多年年頭，十分的不長進。

(4)《古今小說》五：

眾客人尋行逐隊，各據坐頭，討醬索酒。

(5)《二刻拍案驚奇》十八：

豈有天上如此沒清頭，把神仙與你夥人做了去，落得活活弄殺了。

(6)《古今小說》五：

店主王公迎接了，慌忙指派房頭，堆放行旅。

(7)《古今小說》十五：

王琇思量半晌，只是未有個由頭出脫他。

(8)《古今小說》五十：

李霸遇所說，本是見面錢，見說十八般武藝，不是頭了。

(2)的「食在口頭，錢在心頭」是「漸漸消磨」。(2)的「心頭肉」是「令人十分憐愛的人」。(3)的「年頭」是指「年紀」，與一般「這個年頭」指「年」的意義有別。(4)的「坐頭」是「座位」。(5)的「沒清頭」是「糊塗」。(6)的「房頭」是「房間」。(7)的「由頭」是「來由」「原因」。(8)的「不是頭」表「形勢不佳」，在此「不是頭」的「頭」可以說是「頭勢」了。

6. 清　朝

(1)《官場現形記》三十二：

趙大架子，推頭有公事，還要到衙門裏去。

(2)《紅樓夢》七：

妳姪兒年紀小，倘或言語不防頭，你千萬看著我，不要保他。

(3)《官場現形記》五十一：

我橫豎打定主意，兩面做個好人，只要他見情於我，我又何苦同他做此空頭冤家呢？

(4)《兒女英雄傳》四十：

那知他這個頭磕的一點兒不迷頭。

(5)《官場現形記》二十一：

這都是贏來的錢，今天十五，揣著上院，是一點彩頭。

(6)《儒林外史》二十四：

你替胡賴的哥子治病，用的是什麼湯頭。

(7)《官場現形記》五十一：

七大人進來了，穿的衣服，並不像什麼大人老爺，簡直油頭光棍一樣。

(1)的「推頭」是「推托」，意義都有關連。(2)的「不防頭」即「不留神」。(3)的「空頭冤家」是「沒來由的冤家」。(4)的「迷頭」是「糊塗」。(5)的「彩頭」是好運道的預兆。(6)的「湯頭」就是「湯」，此處指「煎藥」，以全體代部分，是詞義的縮小。(7)的「油頭」就是「滑頭」。

以「頭」爲詞尾所構成的詞彙，於元朝以後大量被使用，其詞義多彩多姿的，由此亦可窺見當時老百姓口語之一般。

第七節　「首」、「頭」二字詞義發展的參差

「首」字本指「頭部」，於先秦後，這個意義被「頭」字取代，取代之後它並沒有消失，除了保留原義外，它以詞根的身份參與後起語詞的創造，而有多方面意義的發展。「首」字詞義的發展與「頭」字詞義發展相重疊的有三方面：

1. 首先的意義。
2. 首領的意義。
3. 計算的單位。但是「首」只限於計算詩詞歌賦的篇章，「頭」則限於計算人，計算其他動物。

依我們的語料看來，「首」字使用於文言的場合較多，「頭」字則出現於白話的機會較眾，尤其是「頭」字有當詞尾的用法，這種用法幾乎都是白話的，口語的，因此在元朝以後的戲曲、小說中，我們可以找到很多的例證。

第五章　由例證看詞彙內在涵義的演變

第一節　詞義的種類

所謂「詞義」，就是「詞」的涵義。我們閱讀古書，必須先了解其「詞義」，否則就無法了解原文。文字除本形外，往往由孳乳而漸多；「詞義」除本義外，也是由演變而漸多的。因此，我們要眞正了解「詞義」，說來亦非易事。漢語，有一「字」爲一「詞」的，有兩「字」〔或兩「字」以上〕爲一「詞」的。一「字」爲一「詞」的，其「字」義和「詞」義多相同；兩「字」〔或兩「字」以上〕爲一「詞」的，其「字」義和「詞」義多不相同，這也就是「意義的結合不等於結合的意義」的道理。在這篇論文中，當例證的四個「字」，在他們獨立成「詞」的時候，「字」義等於「詞」義，可是當他們成爲構詞詞素與別的詞素結合所形成的「詞」義，往往就要大費周章的去理解，尤其是出現於白話小說中的「詞」義，豐富而多彩。例如《紅樓夢》二十八：

> 剛洗了臉出來，要往賈母那裏請安去，只見林黛玉頂頭來了。
>
> 那日正走之間，頂頭來了一群馱子。（同書六十六）

又《照世杯》：

> 是我變嘴臉的說，他才依我。

什麼是「頂頭」？「變嘴臉」的意思又是什麼？如果我們弄不清楚，則對於故事的了解，眞是大打折扣了。所以，了解「詞義」對於古籍極其重要。

一、本義和引申義

詞的本義，就是詞的本來意義。漢語歷史非常悠久，在漢字未產生以前，遠古漢語的詞可能還有更原始的意義，但是我們現在已經無從考證了。今天我們所能談的只是上古文獻史所能證明的本義。了解這種本義，對我們閱讀古書有很大的幫助。

一個詞往往不只具有一個意義。當它們有兩個或兩個以上的意義的時候，其中應該有一個是本義，另外一個或一些個是引申義。所謂引申義，是從本義「引申」出來的；更正確的說，它是從本義發展出來的。例如：

（一）「口」

「口」字本義是「人用來說話、飲食的器官」，爲人五官之一；從這本義擴大，「口」亦用來指稱鳥類、獸類等其他動物的「口」；「口」既然是說話、飲食的出入口，由此意義再擴大，凡是作爲進出的地方也稱爲「口」；包括地理位置的進出口，物品上端或前端的「口」。

「口」從本義又擴大，就代表言語、飲食這兩件事；再從代表言語、飲食這兩件事擴大，「口」就代表人；再由代表人轉移爲「計算人的單位」；再由「計算人的單位」擴大，可當計算家畜，計算刀劍的單位。

由上可知，「口」的引申途徑有兩個，都是擴大的作用。我們無法判斷那一個途徑先引申，那一個途徑後引申，即使語料有先後，但由於詞的來源很古，到了我們所能接觸到的史料的時代，引申義久已通行，因此，我們並不能常常按照史料的先後，來證明詞義發展的程序和階段。就「口」字而言，兩條引申發展的途徑，是平行的，也不無可能。

（二）「嘴」

「嘴」本來專門稱鳥類的嘴，擴大後，亦稱其他動物的「嘴」，再擴大，人類的口亦以「嘴」稱之。不管是鳥類、其他動物或人類的嘴，都是一個突出的部位，因此凡是地理位置的突出處，器物的突出口，均以「嘴」來稱呼，這層意義，是引申再引申了。

（三）「首」

「首」的本義是人身上最高或其他動物身上最前面的部分——頭，就由最高、最前的部分引申，有「首先」之義；由「首先」引申有兩個方向的發展，一個是指人的領導者；另一個是指時間、次序、行事的領先，由這個「領先」引申有「要點」、「重要」的意義，再由「要點」、「重要」引申，則有「根本」、「依據」的引申義。

「首」從「頭部」意義縮小引申有「頭髮」之義。

「首」從「頭部」意義轉移，有「脖子」意義，再由「脖子」引申，產生「方向」的意義。

「首」再從「頭部」意義轉移，是計算的單位，計算詩詞歌賦的單位。

由上面看來，「首」字詞義的發展有四個途徑，其中兩個途徑是引申，另外兩個途徑是轉移。其實，詞義經過長期的累積，通常一個詞決不止一個意義。但是由於語言是人類傳情達意的工具，因此詞義的增衍改變，必然有徑可循，而不是任意而生隨興而為的，只要我們能抓住本義，就像抓住這個詞的綱，紛繁的詞義都變為簡單而有系統了。

（四）「頭」

「頭」字基本義是人身上最高或其他動物身上最前面的部分——腦袋，由最高、最前引申，擴大為指領導者的人物。

由最高、最前引申，又有：凡是東西、地理位置最前、最高、最上面部位亦稱「頭」，事情的開端、時間、次序上的領先也稱「頭」。

由「頭部」擴大，可以指稱「人」，縮小則指人頭的「頭髮」。

「頭」由「頭部」意義轉移，是計算單位詞，可用來計算人，亦可用來計算牲畜或其他東西。這轉移的方向，大概與「頭」可指「人」有關。

另外，「頭」當「詞尾」使用，這是屬於語法的範圍了。

由上面看來，「頭」字詞義有四個發展途徑，三個是引申的途徑，一個是轉移的途徑。

詞義的引申意味著語言的變遷和豐富化，引申之後雖然有新義產生，但並不排除舊義，例如「口」、「首」字雖然產生了一些新義，但是「嘴」的意義，「頭」的意義，一直保存到現代漢語裏，這種情況，在漢字中很多，也很重要。一方面，這增強了語言的穩固性，使語言不至於面目全非；另一方面，這使語言豐富了。

清代的文字學家如段玉裁、朱駿聲等，都非常重視本義和引申義的關係，因爲這種研究方法對於徹底了解詞義是一種以簡馭繁的方法〔註1〕，抓住本義去說明各個引申義，就會處處都通，而且令人明白：雖然一個詞有許多意義，但是它們之間是互相聯繫著的，而且往往是環繞著一個中心。

引申義和本義的距離有遠近的不同，近的引申義很容易令人意識到，例如「首先」的「首」引申爲「首領」的「首」。遠的引申義就不容易令人意識到，例如「頭部」的「頭」引申爲「頭緒」的「頭」，其實「頭部」與「頭緒」的「頭」意義並不遠，因爲「頭緒」靠思考，而「頭部」正是思考的器官。

二、單義和多義

一個詞的意義可以只概括反映某一類現象，也可以概括反映相互有聯繫的幾類現實現象，前者在語言中表現爲單義詞，後者表現爲多義詞。單義詞，顧名思義，只有一個意義，像一些基本詞彙，如「天」「地」「山」「水」等都是單義詞。科學術語都是單義的，並且沒有各種附帶色彩，例如「原子」「分子」等。

一個詞在剛開始產生的時候大多是單義的，在使用中，有關的意義也逐漸用它來表達，它就變成了多義詞。語言所要表達的意義總是不斷的增加，讓一個兼表幾個意義而不必另造新詞，符合經濟的原則。語言的這個要求由於詞義的模糊性而得到滿足，因爲一般詞的意義不像科學術語那樣界限分明，它具有一定的彈性而能向外延伸，這使它能夠兼表有關的事物。例如「首」，最初的意義是「頭部」，《詩・邶風》：

> 愛而不見，騷首踟躕。

成語「身首異處」「梟首示眾」「囚首喪面」等還保留著這個意思。這個意義是「首」的本義，它是產生這個詞其他意義的基礎。又如「頭」，最初意義亦指人的「頭部」，《史記・范雎傳》：

> 范雎曰：爲我告魏王，急持魏齊頭來。不者，我屠大梁。

成語「點頭應允」「當頭棒喝」「頭足異處」等還保留這個意思。

同樣的「口」本指人說話、飲食的器官，《孟子・告子》上：

〔註1〕參《說文解字》玉部，段玉裁對「理」字的解釋。

易牙先得我口之所耆者也。

《左傳》昭公七年：

言出於余口，入於君耳，誰告建也。

成語「張口結舌」「口授心傳」「口說無憑」等還保留著說話、飲食的意思。「嘴」本是鳥類的嘴：例如《水經注》：

火山出雛鳥，形類鳥鴉純黑而姣好，嘴若丹砂，白赤嘴。

劉禹錫詩：

養來鸚鵡嘴初紅。

四個字的引申義如上一節所述，由本義引申出來的意義我們可以稱呼為「孳乳義」。在語言發展過程中，本義可能逐步退居次要地位，讓某一個「孳乳義」佔據中心地位。像「首」的本義，現代漢語中一般已經不用或很少用，而「首先」的意義成為「首」這個詞意義的中心。離開句子上下文，單獨取出「首」這個詞，一般人首先想到的是「首先」「首領」的意義。語言學把這種意義叫「中心意義」〔註2〕。本義是從歷史淵源說的，中心意義是就多義詞在某個時代的各個意義的關係說的。中心意義和本義在多數詞中是一致的。例如：「口」的本義和中心義，「嘴」的本義和中心義，「頭」的本義和中心義〔註3〕。「首」的本義和中心義卻不一致，基本義是「頭部」，中心義卻是「首先」「首領」。

多義詞雖然有幾個意義，但在使用中一般不會產生混淆，因為上下文使其中的一個意義顯示出來，排除其他意義「梳頭」「剃頭」「頭童齒豁」的頭，是指「髮」；「教頭」「牢頭」「蒼頭」的頭，卻是指「人」。如此，一個詞包含幾個意義，可以大大減少語言符號的數目，而每個意義又各有自己的上下文，可以使同一個詞用在不同的場合而不會引起意義上的混淆。這些都是語言經濟性、簡明性的具體表現。

三、同義詞

聲音不同而意義相同或相近的詞，就是同義詞。「口」與「嘴」是同義詞；

〔註2〕參張以仁，〈論詞義的種類〉，《幼獅學誌》第十六卷第四期，民國70年12月。

〔註3〕統計我們的語料而作的判斷。

「首」「頭」也是同義詞。就他們的本義言之，兩兩的詞義完全相同，又稱爲等義詞。

語言中的等義詞大多是借用方言詞或外來語的結果，例如「公尺」和「米」，「擴音器」和「麥克風」，「知道」和「曉得」等。等義詞在語言中多半不能長期存在，因爲每種語言往往力求經濟，盡可能的把可有可無的重複的去掉。等義詞多了，反而增加人們交際中的麻煩。因此，在語言的使用中對同義詞的處理有兩種方式：

（一）分　化

使等義詞發生分化，使其產生細微的意義差別。例如「口」多用於書面語〔文言〕，「嘴」多用於口語〔白話〕；「首」多用於書面語，「頭」多用於口語，就「嘴」而言，在白話小說中大量出現用來形容一個人花言巧語的，都用「嘴」，如「咬嘴」「弔嘴」「虛嘴掠舌」「使低嘴」「調嘴」「欺嘴」「貪嘴」「烏鴉嘴」「粉嘴」「油嘴」等，很少用「口」來形容。這種現象，我們參考第三章、第四章的例證，就可發現。

（二）淘　汰

淘汰一個，保留一個。「口」「嘴」，「首」「頭」是屬於基本詞彙，難於被淘汰，只是使用時彼此有消長。像前面例子，現在多用「擴音器」少用「麥克風」多用「電話」不用「德律風」。因此，語言中等義詞是很少的，多半是意義基本相同的詞。

同義詞是基本意義相同，彼此之間還有細微的意義差別，這些差別表現在：(1)語詞的搭配習慣；(2)詞義的概括層面；(3)詞義的附加色彩上。

1. 語詞的搭配習慣

同義詞的各個詞都有自己的分工職責。例如：「瓶口」相當於「瓶嘴」，但「刀口」卻不等於「刀嘴」，而且根本沒有「刀嘴」的用法。同樣的計算單位，「一首詩」不能說「一頭詩」；「一頭牛」也不能說成「一首牛」，因爲「首」只用來計算詩詞歌賦，「頭」只可以計算牲畜。這與英語的 many 和 much，few 和 little 搭配習慣相同。many 和 few 只能表示可數東西的「多」和「少」，而 much 和 little 只能表示不可數東西的「多」和「少」。它們互相補充，滿足了語言中對事物的細分。

2. 詞義的概括層面

詞義強調的重點有所不同。例如「首領」和「頭目」是同義詞，但「首領」使用於政府的要員或某種有意義行動的領導者，相當於「首長」「領袖」；「頭目」則只使用於山賊或黑社會的領導者。一種歷史悠久的語言，類似這樣的同義詞比比皆是，這是語言豐富發達的標誌之一。古代漢語中，這一類同義詞異常多，例如：

語：論難曰語；言：直言曰言。

城：內城；郭：外城。

饑：糧荒；饉：菜荒。

表明了古人對這些事物的細緻區分。由於他們強調同一事物的不同面，故在語言的發展過程中常常把他們併舉而統指整個事物，從而凝固爲複合詞。例如:「頭顱」「頭額」「首先」。現代漢語中的併列式複合詞，有很大一部份是古代這種類型的同義詞組合起來構成的。

3. 詞義的附加色彩

對於同樣的現象，人們的主觀態度可能不一樣，有喜歡，有討厭，有褒有貶；在運用範圍方面有些多用於書面語，有些多用於口語；有些多用於莊嚴的場合，有些只用於日常的場合。這些都可以使同義詞具有不同的附加色彩。例如：(1)老漢；(2)老頭子；(3)老頭兒。(2)帶有反感、討厭的感情色彩；(3)則具有表喜愛的感情色彩；(1)是中性的。

同義詞在語言的運用中爲人們準確、細緻的表達思想提供了多種選擇的可能。正確的使用同義詞是一種藝術，可以使言語準確、生動、活潑，避免同一語詞的重覆。在文學作品中，恰當的使用同義詞能幫助作家更準確的描寫生活，刻畫人物性格。

第二節　詞義的組合

一、語詞的搭配

詞義的概括是把特殊的、複雜的現實現象變成一般的、簡單的東西，經過這番手續，詞才能變成一種工具，用來指稱某類現象中任何個別的、特殊的現象。

交際中談到的現象往往都是個別的、特殊的。一般性、概括性的詞進入句子中時，就得和個別的、特殊的現象相聯繫，從一般回到個別。這時候，在概括過程中曾被捨棄的一些特徵就可能重新出現。例如：形容一個人說軟話為「棉花嘴」（《金瓶梅》），這時候「棉花」一詞就顯出在概括中被略去的性質、形狀等特徵。又如形容說話討厭的人為「烏鴉嘴」（《石點頭》十三），此時「烏鴉」的聲音就會顯示出。

詞義的組合是通過語詞搭配來實現。語詞搭配除了受語法規則支配外，還要受其他因素的支配：

（一）語義條件的限制

語義條件要受現實現象之間實際關係的制約，現實中不存在的關係，語詞不可能搭配使用。例如：「嘴巴吃頭」「口裏有嘴巴」，雖然符合語法規則：名詞＋動詞＋名詞，但現實中根本不會有此關係存在。如此說來，語詞的搭配應該都很「正派」，為什麼偏偏就不少奇怪的語詞呢？例如「佛頭著糞」「打攔頭雷」「沒頭脫柄」「水頭兒」等。原來語言畢竟不是現實本身，如何表達現實中實際存在的關係，語言可以有自己的特點。同一種現象，不同個人，方言的語詞搭配關係會呈現不同的面貌。例如「蕃茄」南台灣的人說「甘仔蜜」，北台灣的人卻說「臭柿仔」。

（二）社會使用的習慣

就是所謂的「慣用法」。例如「小兩口」只用來形容年輕的夫妻；「五口之家」不說「五嘴之家」；「頭頭是道」不說「首首之道」；「頭髮」閩南語說「頭毛」等。

（三）詞義的附加色彩及修辭效果

例如帶有褒義的詞不能用於貶義，「首領」不能以「頭目」代之；常用於口語的詞不能和書面語混合，「頭家」和「老板」的使用場合是有差別的；莊重的文章如果使用輕佻或者詼諧的字眼就會破壞全文的格調。由此可見，不但人有個性，連詞亦有很強的個性。

詞彙都帶有自己的使用特點，故詞的組合特別要求選擇恰當，才能有效、正確的運用。

二、詞義和環境

詞義除了由上述所言組合表現意義外，還有一部份意義由環境補充，同樣是「我去上課」，教師說是去講課，學生說是去聽課；「頭痛」可能是疾病的頭痛，也可能是爲一題數學算不出來而「頭痛」。不結合具體的環境，有些話就聽不懂。例如《漢書．楊惲傳》：

> 遂遭變故，橫被口語。

光看「口語」並不能確定「口語」到底是什麼意思，連結上下文，我們就可知道「口語」是「毀謗」了。很多話都要聯係具體的語言環境才能了解它確切的意思。

所謂環境，還可以從更廣闊的意義上來理解，把社會文化歷史背景也包括在內。例如《唐書．選舉志》：

> 明經科試士，先帖文，然後口試經問大義十條。

對這個例子，應該理解古代的科舉考試，才知道什麼是「明經科」？「帖文」？「經問大義」？這也是新訓詁學的要求之一：從整個社會文化歷史背景去探討詞義。語言的交際遍及於生活的一切領域，只有掌握語言工具，了解語言所反映的時代或民族文化歷史背景和風俗習慣，才能深入了解字裏行間所表現出來的意義。

三、言內意外

語言是人們表達思想，進行交際的最重要工具，但語言表達思想的功能有其局限性。因爲，「言有盡而意無窮」，言詞與意義之間往往會產生矛盾，需要聽話人憑自己的經驗、體會去了解、補充。這樣，就出現了「言不盡其意」、「言內意外」的現象了。

「言不盡其意」的現象，莊子早就注意到了，他說：

> 語有貴也，語之所貴者意也。意有所隨，意之所隨者，不可以言傳也。（天道）

說明了先秦時期人們就已注意到語言表達思想的功能和其局限性。

同樣的意思採用不同的說法，往往會收到不同的效果。在日常的生活中，婉轉的告誡，含蓄的言詞，辛辣的諷諭等，都會在意思上有所保留讓聽話人自己去領會、補充，這種現象可以用「言內意外」來概括。「言內意外」在文學創作上占有重要地位，好的小說，往往要在有限的言詞中寄寓另一層的深意，為讀者咀嚼、琢磨。例如《警世通言》：

食在口頭，錢在手頭，費一分，沒一分，坐吃山空。

《水滸傳》六十一：

盧俊義望見，新頭火熾，鼻裏烟生，提著朴刀，直趕將去。

元曲〈灰闌劇楔子〉正旦白：

磨了半截舌頭，母親像有許的意思了。

「食在口頭，錢在手頭」淡淡的著筆，把警醒別人坐吃山空的險境點出；「心頭火熾，鼻裏烟生」不用直寫盧俊義非常氣憤，就把盧俊義的情緒反應，甚至個性表現無遺；「磨了半截舌頭」是「大費口舌」，何其生動！令人印象深刻。交際時用時如此，文學作品的語言更是重視詞義的暗示性和啓發性，借此喚起讀者的聯想，以達到言有盡而意無窮的效果。

第三節　詞義的演變

一、詞義演變的因素

詞義的演變是指詞的形式不變，而意義發生了變化。引起詞義變化的因素很複雜，難以一一列舉，大略言之，社會現實現象的變化，人們對現實現象的認識，詞義之間的相互影響，都可以引起詞義的演變。

（一）現實現象的變化引起詞義的演變

例如「皀」本來是一種樹，從前人們把它的莢果搗爛，用來洗濯。現在的肥皀是用油脂和碱製成的，和皀樹毫不相干，由於是用油脂製成，所以叫「肥皀」。

（二）人們主觀認識的發展引起詞義的變化

例如：古人認為「心」是思維的器官，此從漢字的造字也可以看出：以「心」為意符的「想」「思」「念」「忖」「愁」「慮」……都與思維活動有關。現在雖然認識到思維的器官是「頭」（這裏的頭，其實是以全體代部分——大腦），還是保存著「我心裏想」的說法。其實，多義詞的產生和發展也與人們對現實現象的認識有關。

（三）詞義之間的互相聯繫引起詞義的變化

一個詞義的變化，可以引起和它有聯繫的詞的意義變化。例如：「快」本指迅速，後來產生出「鋒利」（刀、斧、剪、嘴等）的意思，和「快」處於反義關係的「慢」亦逐步產生和「鋒利」對立的「鈍」的意思，出現了「嘴慢」之類的說法。

（四）詞義組合關係的變化也會引起詞義的改變

例如「嘴」剛開始時（漢）只可用來稱鳥類的嘴，後來亦可稱獸類的嘴，到最後，人的嘴亦是「嘴」了。又如「美」字，表示「美麗」的基本義古今相同。但在古代它的組合關係比較寬，既可用於人也可用於物，如「有良田美池桑竹之屬」；在用於人的時候，既可用於女性，也可以用於男性，如《戰國策》齊策〈鄒忌諫齊王納諫〉：

> 鄒忌……謂其妻曰：我孰與城北徐公美甚？

在現代漢語中，用於物，只能說風景美，不大說「很美的池塘」或「很美的竹子」；用於人，一般只說女性美，不用於男性；「美男子」的說法帶有諷刺口吻。組合關係的變化，使「嘴」「美」的意思也隨之變化。可見詞義的組合關係對詞義的演變有影響。

二、詞義演變的結果

詞義演變的結果，新義不外是舊義的擴大、縮小和轉移三種情況。

（一）詞義的擴大

詞義的擴大就是概念外延的擴大。換句話說，就是縮小特徵，擴大應用範圍。例如：

1.「口」

本來是指人的「口」後來擴大到其他動物的「口」，甚至東西的「口」，地理位置的「口」。這是應用範圍擴大了。

2.「嘴」

本來是指鳥類的「嘴」，後來也指獸類、人類的「嘴」，再擴大，東西、地理位置也都有「嘴」。

漢語中擴大的情形比較常見，最顯著的像「江」，本是「專有名詞」，指今天的長江，沿用到了後代，「江」字變為「普通名詞」，泛指所有的江了。又例如「臉」，本來是擦胭脂的地方，故古人稱「臉」只限於婦女，而且有兩個「臉」，不像現在男人女人都有「臉」，但也只有一個「臉」了。

詞義擴大後，會不會再縮小呢？一般來說，可能性很小。有些情況似乎可以證明這一種發展的過程；實際上，只是由於偶然和特殊因素。例如「口」擴大到動物、東西、地理位置皆可稱「口」，但沒有在口語中生根，口語皆用「嘴」。可知「口」的擴大是暫時的，並沒有鞏固下來。

（二）詞義的縮小

詞義的縮小就是概念外延的縮小。換句話說就是擴大特徵，縮小應用範圍。例如：「海口」「河口」「溪口」「湖口」「江口」「谷口」本來都是普通名詞，演變到後，有的就以當地名，而變成專有名詞。詞義的縮小在漢語中較少見。

（三）詞義的轉移

凡引申的意義既不屬於擴大，又不屬於縮小的，都可以認為轉移。例如：

1.「**獅子口**」

獄門俗稱為「獅子口」，如《水滸傳》四十九：

> 舊時獄門口塑一猛獸頭，名為狴犴，形如獅，故以俗稱獄門為獅子口。

但《文明小史》五：

> 若依外國人，是個獅子大開口，五萬六萬都會要。

形容討價很大，是詞義的轉移。

2.「**虎口**」

《元曲・殺狗記劇六惜奴嬌前腔曲》：

> 豈不念祖宗覓利艱辛，千重水面，虎口換珍珠。

《紅樓夢》六十二有「虎口裏探頭」，此處的「虎口」根本不是老虎張得大大的口，而是指危險艱險的地點，如今語「馬路如虎口」。

3.「**黃口**」

雛鳥口黃，故「黃口」指稱幼鳥，後來幼兒亦可稱「黃口」，這是擴大了。

4.「一口妄語」

《南史・齊武陵昭王曄傳》：

答曰：曄立身以來，未嘗一口妄語。

「一口」謂一張口，而一張口即吐出一字或一句，故一口妄語及一字或一句妄語。「口」是字或句之義，是轉移。

5.「生口」

《後漢書・梁慬傳》：

獲生口數千人，駱駝畜產數萬頭。

可知「口」指人，這也是轉移。

6.「失口」

《禮記》：

不失口於人。

「失口」，失言也，「口」是「言」，轉移也。

7.「為口忙」

陸游詩：

舉世知多少，年生爲口忙。

「爲口忙」是爲「飲食」爲「生活」而忙，當然是轉移。

8.「老頭」「二婚頭」「火頭」「相腳頭」「小扒頭」

五個「頭」都是「人」，由「頭」到「人」，轉移也。

詞義的轉移不一定就是新舊的代替，也就是說原始意義不一定因爲有了引申義而被消滅掉。有時候，它們的新舊兩種意義是同時存在過，或至今仍同時存在。

總之，詞義是發展變化的。因此一個詞往往有一個以上的意義，而這些意義又不是孤立的出現，它們相互間可以找出關係。我們如果能抓住一個詞的本義，就像抓住這個詞的綱，即使有著紛繁的詞義，也往往變得簡單而有系統。

第四節　詞義的多義性和詞義的演變

詞義的多義性是一個詞同時具有許多意義，而詞義的演變，可使一個詞因擴大、縮小、轉移產生新義。二者的關係在那裏？有什麼區別？

其實，詞的多義性應該是指一個詞在語言中使用的情況有幾個意義；詞的演變是指一個詞古今意義的變化。

前者從橫的方面看，後者從縱的方面看。一個詞在長期使用中，表示甲義的詞增添了乙義、丙義或更多的意義，新生的意義和原義相較，範圍較原義大，這是詞義的擴大。如果這些意義都存在現代語言的使用中，即造成了詞的多義性，產生的新意和原義相較，新義的範圍較原義小，即是詞義的縮小。如果原義沒死，新義、原義均保留，就產生詞的多義性。但新義產生後，原義死亡，這是詞義轉移的演變規律之一。由上可知，詞的多義性是詞義演變造成的，他們的關係是：詞的多義性是詞義演義的結果，但詞義的演變不一定造成詞的多義性。例如：

「河」從「黃河」的專指到泛指一切的河，是詞義的擴大，但舊義——黃河，今不存，故沒有產生一詞多義。又如：

「口」本是人體的器官，現在說「老兩口」，「小兩口」，「口」指人，是詞義的轉移，現在原義仍存在，產生了詞的多義性。

另外「嘴」「首」「頭」亦都有詞的多義性現象，此與基本詞彙意思較穩固，意義不易喪失或有關係。

第六章　由例證看詞彙外在型態的發展

這一章主要是從詞彙外在所呈現的面貌來探討詞彙型態的改變，至於意義，就居於次要地位了。

第一節　從單音詞到複音詞

漢字是一個字讀出一個音節，一個字寫出一個方塊塊，所以字是聲音單位，也是書寫單位。詞和字不同，它是意義單位。在文言中，一般說來，每一個字都有意義，所以一個字經常也是一個詞。但是也有一個字不能單獨應用而表達意義的，那麼，這個字只能是一個字，不能說它是一個詞。例如柳宗元〈漁翁〉：

欸乃一聲山水綠。

「一」「聲」「山」「水」「綠」五個字，每個字都能表達它自己的意思，每個字都能自己成爲一個「詞」。只有「欸乃」兩個字，單說「欸」，非「欸乃」義（說文欠部：「欸，訾也」）；單說「乃」，亦非「欸乃」義（說文乃部：「乃，曳詞之難也，气之出難也。」）必須「欸乃」二字聯合起來，才有「欸乃」的意思，才能構成一個詞。一個字成爲詞的，叫單音詞；兩個字或兩個字以上成詞的，叫複音詞。文言中，單音詞固然是普遍現象，複音詞也不少。我們研究古代漢語，需要了解單音詞和複音詞的關係，這有助於我們更徹底的了解古代漢語。隨便把一篇古文翻譯為現代漢語，會發現譯文比原文長了許多。這主要是因為古代漢語的詞彙以單音詞為主，而現代的漢語詞彙以複音詞（主要是雙音詞）為主。把古代單音詞和現代複音詞相比較，主要有三種情況：

1. 換了完全不同的詞。例如「口」變成「嘴巴」；「目」變成「眼睛」；「日」變成「太陽」。
2. 加上字尾。例如「石」變成「石頭」；「心」變成「心頭」；「舌」變成「舌頭」；「口」變成「口頭」；「手」變成「手頭」；「肩」變成「肩頭」；「日」變成「日頭」等。
3. 利用兩個同義詞作為詞素，構成一個複音詞。例如「頭」與「顱」，「頭」與「首」，「口」與「嘴」是同義詞，合起來成為單詞的「頭顱」「頭首」「口嘴」。

最值得注意的是第三種情況。有許多古代的詞，作為單詞來看，可以認為已經死去了；但是作為詞素來看，它們還留存在現代漢語裏。例如「首」在古代可當單音詞，但是，現代漢語裏，「首」字只作為詞素留存在「首足」「首腰」裏，或者只出現在「白首偕老」「皓首窮經」等成語裏，不能作為單詞自由運用了。

「口」字在古代亦可當單音詞，但是在現代漢語裏，「口」字只作為詞素留存在「噤口」「口吃」裏，或者只出現在「禍從口出」「身口相應」等成語裏，不能單獨成詞自由運用了。

漢語大部份的雙音詞，都是經過同義詞臨時組合的階段，也就是說，在最初時候，只是兩個同義詞並列，還沒凝結成一個整體，一個單詞。此可從兩方面說明：

1. 雙音詞在最初的時候形式不固定。例如：「封疆」（《左傳》成公三年），「疆埸」（《左傳》成公十三年），「邦域」（《論語》季氏）是可以通用。甚至可以任意顛倒，例如「險阻」（《左傳》成公十三年）可以說成「阻險」（《史記・淮陰侯列傳》）；「困乏」（楊惲〈報孫會宗書〉）可以說成「乏困」（《左傳》僖公三十年）。
2. 古人對於這一類詞彙常加以區別。例如「婚姻」，《說文》：婦家為婚，婿家為姻。今天，我們應當將這些當複音詞看待，才能得一個完整的概念。但是詞彙本來的意義不能不管，因爲分析複音詞中的詞素，不但能幫助我們說明這些複音詞如何形成，而且可以從後代詞義和本來意義不同的比較中看出複音詞的完整性，從而把複音詞同義詞區別開來。

有一種複音詞，叫「偏義複詞」，這種複音詞是用兩個單音的近義詞或反義詞作爲詞素組成的；其中一個詞素的本來意義成爲這個複音詞的意義，另一個詞彙只是作爲陪襯。例如《後漢書・祭彤傳》：

欲立功，當歸擊匈奴，斬送頭首。

《後漢書・袁紹傳》：

康曰：卿頭顱，方行萬里，何席之爲。

《後漢書・霍輔傳》：

竇鄧之寵，傾動四方，及其破壞，頭顙墮地。

中「頭首」「頭顱」「頭顙」都偏於「頭」義。「首」「顱」「顙」只作爲陪襯用。另外像「園圃」「得失」「緩急」亦是，「得失」「緩急」的詞素是反義詞。

眞正單純的複音詞並不多，絕大部分是連綿字，例如「逍遙」「徘徊」等，連綿字中兩個字僅僅代表單純複音詞的兩個音節而已。

由以上所述，我們歸納一下，如何正確區別單音詞和複音詞：

1. 不要把兩個單音詞誤為雙音的複合詞

古代詩文，一字一義占多數；到了後代，又往往因爲同義把兩個詞組合成一個複合詞。因此，以現代漢語去理解，常得不到確切的解釋，例如《漸備一切智德經》：

身口相應，言行相副。

其中「身口」二字，如果以爲身上的口，就錯了。它們是兩個單音詞「身」和「口」。「身」是說實踐，「口」是說言語。又《莊子・天地》：

凡有首有趾無心無耳者眾。注：首趾猶始終也。

從「注」中，我們可知「首趾」不是頭和趾頭。又「口誅筆伐」，從下半段「筆伐」就能理解「口誅」的「口」是言語。

2. 注意聯綿詞不能拆開和多形的特點

聯綿詞是雙音的單純詞，故不能分拆詞素。又因爲聯綿詞是因音寄義，故

應注意其音近多形的特點。例如「躊躇」有「踟躇」,「首攝」(《鹽鐵論》利議)有:

以其首攝多端,迂時而不要也。

「首鼠」(《史記・魏其武安侯列傳》):

何爲首鼠兩端。

「首施」(《後漢書・西羌傳》):

雖依附縣官,而首施兩端。

等幾種因音變而音義相通的聯綿詞。

3. 不要把偏義複合詞的兩個詞素等量齊觀

偏義詞是由兩個反義或近義的詞素構成的複合詞,只用其中一個字的意義。

第二節　語詞的替換

語詞替換是詞彙演變的常見現象,這種現象特點只是改變名稱,而現實本身並沒有發生變化。引起語詞替換的因素是多方面的,有如下的因素:

1. 社會因素

例如:唐初爲了避唐太宗李世民的諱,用「代」替換「世」。我國封建社會的消失,當時官員的「俸祿」就被「薪水」所代換。社會上因生活、制度的改變,在語言中都會出現相當數量的語詞的替換。

2. 為了正確有效的表達思想

語言中同音詞過多會給交際帶來麻煩,因此爲了避免同音混淆帶來的歧義,漢語在發展過程中就用複音詞來替換單音詞,如用「嘴巴」替換「口」,另外「看見」替換「見」,「寶劍」替換「劍」等。

3. 為了表達的精密化

例如同一「高」的被動——「使……高」的用法,可說成「提高」「抬高」「增高」「拔高」「加高」等。這由於表達需要而引起的語詞替換可以使語言的表達更明晰,更準確。

語詞的替換使漢語的詞彙發生變化,使單音詞佔優勢的語言變成以複音詞佔優勢的語言。

基本詞彙的詞表示日常生活中最經常碰到的事物，是穩固而不易起變化的，但是有些詞也在緩慢更新。用來替換的新詞大多是原先意義相近的詞，例如「嘴」替換了「口」，「眼」替換了「目」，「腳」替換了「足」，「臉」替換了「面」，「頭」替換了「首」等，被替換下來的成份大都成了構詞詞素，出現在語詞中。

語詞的替換往往不是孤立的進行，有不少的替換相互之間有緊密的關係，例如我國古代關於人的某些肢體、器官名稱與其他動物的有關名稱是不同的，例如「口」「肌」「膚」只用於人，「嘴」「皮」「肉」只用於畜獸，「毛」可兼用於人、畜、獸，而「羽」只指鳥毛，區分很嚴，不可混淆。後來在詞彙發展中，「嘴」「皮」「肉」這些專門表示畜、獸意義要素消失，因而也可以用於人，最終導致用「嘴」「皮」「肉」「毛」替換「口」「膚」「肌」「羽」，被替換下來的成了構詞詞素。

另外有一種替換是因字形不一樣而影響了詞義。例如《穀梁》定公十年：

孔子曰：笑君者罪當死，使司馬行法焉，首足異門而出。

《儀禮・喪服傳》：

父子首足也，夫妻牉合也，昆弟四體也。

二例中的「首足」之「首」可假借爲「手」則變成「手足」：手與腳，於意義雖有改變，但並未不通。

此外，有些詞彙次序可顛倒，顛倒之後有的意義仍然不變。例如「噤口」與「口噤」，「快口」與「口快」，「首賊」與「賊首」，「首惡」與「惡首」，「首犯」與「犯首」，「首盜」與「盜首」。有的詞彙次序顚倒後，意義稍有不同，例如「首章」與「章首」。「首章」是針對整冊而言，是第一章；「章首」則每一章都有章首，「卷首」與「首卷」，「頁首」與「首頁」亦是一樣。有的次序顚倒，則意義完全不一樣，例如「頭踏」與「踏頭」，「口過」與「過口」等不勝枚舉。

第三節　字數的增減

字數的增減，往往是有減無增，是把一個較長的語詞緊縮成一個結構較短的語詞，亦即用一個較小的語言單位，去代表一個較大的語言單位。這是在人們運用語言交際過程中，遵循了「辭達而已矣」的經濟原則，省略句的產生，應是同樣的道理。表面看來，這與語言的發展似乎矛盾。因爲人們爲了更好的表達思想感情及其細微的差別，所用的語詞的發展必然由簡而繁，語言單位由小而大。可是語詞在發展中又要把繁的、較大的語言單位縮簡的很短。以漢語而言，複音詞數量不斷增加，但同時，緊縮詞也大量產生，中間沒有矛盾處。因語詞大大發展了，且變得越來越複雜，故才需要在不影響意義的表達下，進行縮簡。如果所有的語詞都非常簡單，那又何必要縮簡？例如：「可於口」與「可口」，「口腹耳目之欲」與「口腹之欲」又與「口腸」，「落得起嘴」與「落嘴」，「訕什麼嘴」與「訕嘴」，「口似碑」與「口碑」等。

第四節　文言與白話

漢語演變的主要趨勢是語詞的多音化，而漢字不表音，便於用一個字來代表一個複音詞，比如嘴裏說「眉毛和頭髮」筆下寫「眉髮」，既省事又古雅。況且口語中有些字究竟該怎麼寫，也煞費周章，雖然歷代不斷出現新造的字，到現在仍有許多口語中的字寫不出來，或者沒有一定的寫法。

與文言文相對的是「白話」。白話最初只在通俗文學中使用，直到「五四」後才逐步取代文言，成爲通用的書面語。一方面，口語不斷沖擊書面語，使文言面貌起變化；另一方面，白話在最初還不能擺脫文言的影響，在它成爲通用的書面語後，更不能不從文言吸收許多有用的成份。因此文言與白話互相影響。

就「口」與「嘴」而言，「口」的文言成份多些，由它所形成的詞彙屬於文言的成份就比較多；「嘴」似乎是屬於口語的，今閩南語用「嘴」之處很多可證。另外於通俗文學中，用「嘴」字比用「口」字多，亦可知「嘴」是屬於白話的。

就「首」與「頭」而言，「首」的文言成份多些，它也大部份出現於文言作品中；「頭」的白話成份就很濃厚了，於白話通俗文學中，我們可以找出很多用「頭」的語詞，卻鮮見「首」的語詞。「頭」於漢代的文獻開始大量出現而取代「首」。同樣具有頭部意義，爲什麼「頭」取代「首」？我們從「頭」最先出現的漢代探討，大概「頭」來自民間；檢尋足以代表漢代口詞的——樂府，在我們檢尋的資料中〔註1〕，「頭」字出現二十次，「首」字只出現兩次，由此資料顯示，我們可以說「頭」來自民間，到後來知識份子亦接受，「頭」因此出現於知識份子的作品中，例如卓文君的〈白頭吟〉就是一個例子。「頭」在民間勢力太大，聲勢蓋過了「首」，終至取代了「首」。

〔註1〕以《樂府詩選註》中漢代樂府六十四首爲統計對象。該書是龔慕蘭輯註，廣文書局印行，1978年10月四版。

第七章　結　語

語言系統的各個組成部份與社會發展的關係有很大的不同，關係最直接的是詞彙，所以詞彙對社會發展的反應最靈敏，變化比較快。社會中新事物的產生，舊事物的消失，人們觀念的改變，是經常發生的。這些都隨時在語言的詞彙中得到反映，表現為舊詞的消失，新詞的產生和詞義的發展。語言，實際上是它的詞彙，是處在幾乎不斷變化的狀態中。

語言詞彙的變化雖然靈敏，但它的基礎仍然非常穩固。這表現在兩方面：

第一，詞彙中的基本詞彙反映交際中最常用的基本概念，它是很不容易起變化的。

第二，構造新詞所用的材料除了從外語借入的成份以外，幾乎都是語言中古已有之的成份，構成新詞的格式也是語言中現成的格式，所以絕大部份新詞都是原有材料按原有格式的重新組合，是大家似曾相識的東西。

詞彙發展的這些既靈敏又穩固的特點是語言發展的漸變性和不平衡性的一種表現，使作為交際工具的語言能隨時滿足新的要求，又能維持穩固的基礎。

「嘴」之取代「口」，「頭」之取代「首」，只是就其「基本義」而言，取代亦非完全的取代；「口」以「嘴」來稱呼後，它當「嘴」義的用法並未消失，只是使用的頻率較小而已，既然「口」當「嘴」義的發展路途行不通，它只好往其他途徑發展。也就是說「口」除了維持原義外，主要的是其他詞義的發展演變。「首」字亦是如此，它作為「頭」義的用法為「頭」取代後，就往其他詞義的路途闢一新天地。「口」「首」新詞義的發展與「嘴」「頭」相互消長，構成錯綜複雜的關係，由此可知，字、詞具有很強的生命力。

就稱呼而言，「口」與「嘴」，「首」與「頭」是名稱的替換。「首」與「頭」替換的時間較短暫，「頭」字一出現，就直指人的「頭」；而「口」與「嘴」的替換卻是一個長時期的過程，前後差不多經歷了兩千年，二者的遲速有如此的差別，與詞義發展的方向有關。「嘴」字出現後，除了取代「口」外，本身詞義的發展並不豐富，因此涵蓋面較窄，終於一段長時間後完成代換，不代換則已，代換後就非常的徹底。「首」與「頭」就不一樣了，「頭」字除了取代「首」的意義外，本身意義發展的方向極其豐富，有足夠的「能力」擔當起代換之責，因此代換的過程快速，至於人們爲什麼要用「嘴」不用「口」，要用「頭」不用「首」，那幾乎是心理因素，有時說不出個所以然來。

本篇論文四個漢字爲例證，就想涵蓋詞彙發展的概況，未免以偏概全，而且自不量力。但是事情總有個起頭，研究漢語不從一個個漢字著手，將自何處作起？本文的遺憾之一是未對語料作有系統的整理歸納，因此舉例不均，難免有遺珠之恨，這是應該繼續努力之處。另外，對於「語源意義」的考察不足，以致對詞彙意義的解釋不周，這是另一個應該繼續努力、補充之處。以此觀之，檢尋豐富而含義多彩的詞彙，實是一生生活情趣的寄託。

參考引用書目

一、「語料」出處及解釋的依據

1. 《中文大辭典》，台北文化大學出版部，中華學術院，民國 71 年。
2. 《佩文韻府》，清・張玉書，台北商務印書館，民國 55 年。
3. 《哈佛燕京學術學社引得》，哈佛燕京學社引得編纂處，台北成文出版社，民國 55 年。
4. 《通俗篇》，清・翟灝，台北廣文書局。
5. 《國語日報字典》，何容，台北國語日報社，民國 65 年。
6. 《康熙字典》，清・張玉書，台北啓業書局，民國 68 年。
7. 《正中形音義綜合大字典》，高樹藩，台北正中書局，民國 63 年。
8. 《甲骨文集釋》，李孝定，中央研究院史語所專刊之五十，民國 54 年。
9. 《金文詁林》，周法高，香港中文大學，民國 64 年。
10. 《敦煌變文字義通釋》，蔣禮鴻，台北木鐸出版，民國 71 年。
11. 《經籍纂詁》，清・阮元，台北世界書局，民國 59 年。
12. 《駢字類編》，清康熙五十八年敕撰，台北學生書局，民國 52 年。
13. 《聯綿字典》，符定一，中華書局，民國 53 年。
14. 《辭通》，朱起鳳，台北中華書局，民國 53 年。
15. 《中古辭語考釋》，曲守約，台灣商務印書館，民國 57 年。
16. 《中古辭語考釋續續編》，台北藝文印書館，民國 61 年。
17. 《說文通訓定聲》，清・朱駿聲，上海商務印書館，民國 26 年。
18. 《說文解字詁林》，丁福保，台北國民出版社，民國 59 年。

19. 《說文解字注》，漢・許慎著，清・段玉裁注，台北藝文印書館，民國 69 年。
20. 《俗語典》，王樸安，東京汲古書屋，1970 年。
21. 《大漢和辭典》，諸橋轍次，台北文星書店，民國 51 年。
22. 《漢字語源辭典》，藤堂明保，東京學燈社，1965 年。

二、一般書籍（依書名第一個字筆劃爲序）

1. 《中國文法學初探》，王協，台北藝文印書館，民國 55 年。
2. 《中國語文研究》，周法高，台北華岡出版社，民國 64 年。
3. 《中國語法理論》，王力，台北藝文印書館，民國 66 年。
4. 《中國語與中國文》，高本漢著，張世祿譯，台北文史哲出版社，民國 66 年。
5. 《中國語之性質及其歷史》，高本漢著，杜其容譯，國立編譯館中華叢書編審委員會。
6. 《中國語文新論》，黃尊生，台北中國文化大學出版部，民國 69 年。
7. 《中國話的文法》，趙元任，香港中文大學出版社，民國 69 年。
8. 《中國語文學論叢》，張以仁老師，台北東昇出版事業公司，民國 70 年。
9. 《中國語言學史》，王力，山西人民出版社，民國 70 年。
10. 《中國文法講話》，許世瑛，台北開明書店，民國 71 年。
11. 《古代漢語》，王力。
12. 《古代漢語常識》，王力，人民教育出版社。
13. 《古代文字學導論》，唐蘭，台北洪氏出版社，民國 67 年。
14. 《古代漢語基礎》，譚全基，台北華正書局，民國 70 年。
15. 《言語學大綱》，日・安藤正次著，雷通群譯，台北藝文印書館，民國 69 年。
16. 《訓詁學概要》，林尹，台北正中書局，民國 61 年。
17. 《修辭學發微》，徐芹庭，台北中華書局，民國 63 年。
18. 《訓詁學概論》，齊佩鎔，台北廣文書局，民國 68 年。
19. 《訓詁學大綱》，胡楚生老師，台北蘭臺書局，民國 69 年。
20. 《修辭類說》，文史哲出版社編輯部，民國 69 年。
21. 《國語的詞彙結構》，楊祖聿，政治大學國科會論文資料室，民國 61 年。
22. 《國語詞彙學構詞篇》，方師鐸老師，台北益智書局，民國 65 年。
23. 《國語結構語法初稿》，方師鐸老師，台中東海大學，民國 68 年。
24. 《問學集》，周祖謨，河洛圖書出版社，民國 68 年。
25. 《語言和文字》，劉宇，上海永祥印書館，民國 34 年。
26. 《漢字常識》，陳治文，河北人民出版社，民國 47 年（西元 1958 年）。
27. 《漢語史稿》，王力。
28. 《漢語文言語法綱要》，向夏，香港中南出版社，民國 50 年。

29. 《語文通論》，郭紹虞，香港太平書局，民國 52 年。
30. 《漢語講話》，王力，北京文化教育出版社，民國 55 年。
31. 《漢語的詞兒和拼寫法》，王力，北京中華書局，民國 55 年。
32. 《語言學大綱》，董同龢，中華叢書編審委員會，民國 58 年。
33. 《語意學概要》，徐道鄰，香港友聯出版社，民國 58 年。
34. 《語文基礎知識》，湖北人民出版社，民國 62 年（西元 1973 年）。
35. 《臺灣語典》，連橫，中華叢書編審委員會，民國 62 年。
36. 《語言學研究論叢》，黃宣範，台北黎明文化事業股份有限公司，民國 63 年。
37. 《語言論》，高名凱，北京科學出版社，民國 66 年（西元 1977 年）。
38. 《語言學原理》，張世祿，台北商務印書館，民國 65 年。
39. 《漢字史話》，李孝定，台北聯經出版事業公司，民國 66 年。
40. 《語言學概論》，張世祿，台北中華書局，民國 68 年。
41. 《漢語成語研究》，史式，四川人民出版社，民國 68 年（西元 1979 年）。
42. 《語言的學習和運用》，張靜，上海教育出版社，民國 69 年（西元 1980 年）。
43. 《國語語法——中國話的文法》，趙元任，台北學海出版社，民國 70 年。
44. 《語文常談》，呂叔湘，香港三聯書店，民國 71 年。
45. 《語言問題》，趙元任，台北商務印書館，民國 71 年。
46. 《論中國語言學》，周法高，香港中文大學，民國 69 年。
47. 《翻譯與語意之間》，黃宣範，台北聯經出版社，民國 71 年。

三、單篇論文（依標題首字筆劃爲序）

1. 〈中國語的特性〉，高名凱，《國文月刊》四十一期，民國 35 年，頁 2～6。
2. 〈文字演進的一般規律〉，周有光，《中國語文》六十一期，民國 46 年（西元 1957 年）7 月，頁 1～5。
3. 〈反義詞其在構詞和修辭上的作用〉，《中國語文》，民國 64 年（西元 1975 年）8 月，頁 32～32。
4. 〈五四以來漢語詞彙的一些變化〉，伍民，《中國語文》，民國 48 年（西元 1959 年）4 月，頁 170～174。
5. 〈中國語言學的繼承和發展〉，王力，《中國語文》，民國 51 年（西元 1962 年）10 月，頁 433～438。
6. 〈中國之語言與文字〉，《民主評論》五卷十三期，民國 43 年（西元 1954 年）4 月，頁 388～422。
7. 〈中國上古數名的演變及其應用〉，鄭德坤，《香港中文大學學報》一卷，民國 62 年（西元 1973 年）3 月，頁 39～58。
8. 〈中國文法複詞中偏義例續舉〉，劉盼遂，《燕京學報》十二期，頁 2590～2594。
9. 〈古漢語裏的俚俗語源〉，俞敏，《燕京學報》三十六期，民國 38 年 6 月，頁 49～50。

10. 〈字彙和詞彙〉，李榮，《中國語文》，民國 42 年（西元 1953 年）5 月，頁 17～21。
11. 〈民族語言、文學語言跟地域方言〉，《中國語文》，民國 43 年（西元 1954 年）6 月，頁 13～14。
12. 〈古籍訓解和古語字義的研究〉，董同龢，《中央研究院史語所集刊》三十六本，民國 54 年 12 月，頁 1～9。
13. 〈字彙研究中的文字學問題〉。
14. 〈字義之類型〉，杜學知，《成大學報》一期，民國 50 年 10 月，頁 71～87。
15. 〈先秦文獻假借字研究提要〉，高本漢著，陳舜政譯，《書目季刊》六卷二期，頁 74～93。
16. 〈研究訓詁之新途徵〉，王綸，《國文月刊》七十五期，頁 1～4。
17. 〈原始中國語試探〉，潘尊行，《國學季刊》一卷三期，民國 22 年 7 月，頁 413～431。
18. 〈訓詁學的新構想〉，方師鐸老師，《東學報》二十一卷，民國 69 年，頁 25～43。
19. 〈國語中之複音詞〉，張洵如，《國文月刊》六十三期，頁 12～16。
20. 〈從語言文字的衍變來看中國文學史研究之新課題〉，王夢鷗，《中國語文》二十一卷五期，民國 56 年 11 月，頁 4～10。
21. 〈略論漢語的詞義及其演變〉，蒙傳銘，《華學月刊》一一四期，民國 70 年 6 月，頁 29～40。
22. 〈詞的借用和語言的融合〉，戚雨村，《中國語文》，民國 48 年（西元 1959 年）2 月，頁 51～53。
23. 〈新訓詁學〉，王力，《開明書店二十周年紀念文集》，民國 36 年 4 月，頁 175～188。
24. 〈試論詞彙學中的幾個問題〉，黃景欣，《中國語文》，民國 50 年（西元 1961 年）3 月。
25. 〈漢台語構詞法的一個比較研究〉，邢公畹，《國文月刊》七十七期，頁 5～9。
26. 〈漢語基本詞彙中的幾個問題〉，林燾，《中國語文》，民國 43 年（西元 1954 年）7 月，頁 4～10。
27. 〈漢語語法中字和詞的問題〉，楊柳橋，《中國語文》，民國 46 年（西元 1957 年）1 月，頁 6～8。
28. 〈漢語的結構單位〉，蘇．A A 龐果夫，《中國語文》，民國 48 年（西元 1959 年）5 月，頁 232～238。
29. 〈語言成份裏意義有無程度問題〉，趙元任，《清華學報》二卷二期，民國 50 年 6 月，頁 1～16。
30. 〈漢語字族學的建立〉，李維棻，《現代學苑》四卷一期，民國 56 年 1 月，頁 5～8。
31. 〈語言行爲的演化與發展〉，陳一貫，《教育資料科學月刊》二卷二期，民國 60 年 3 月，頁 36～44。
32. 〈語言交流的關係〉，思源，《教育資料科學月刊》二卷二期，民國 60 年 3 月，頁 26～32。

33. 〈說「們」〉，呂叔湘，《國文月刊》七十九期，民國 60 年 9 月，頁 1～80。
34. 〈語言發展的原因和規律〉，薄鳴、儉明，《中國語文》，民國 50 年（西元 1961 年）。
35. 〈論詞義的性質及其與概念的關係〉，岑麒祥，《中國語文》，民國 50 年（西元 1961 年）5 月，頁 8～10。
36. 〈論語言系統中的義位〉，高名凱，《中國語文》，民國 50 年（西元 1961 年）10～11 月，頁 8～10。
37. 〈論語言的特性之一：約定成俗〉，趙振靖，《輔仁學詩》（五），民國 61 年，頁 315～334。
38. 〈論「邦」與「國」〉，陳仲玉，《食貨月刊》九卷十二期，民國 69 年 3 月，頁 467～475。
39. 〈論詞義的種類〉，張以仁，《幼獅學誌》十六卷四期，民國 70 年 12 月。
40. 〈論語詞的演變〉，張以仁，《中國國學》十期，民國 71 年 8 月，頁 149～162。
41. 〈談詞義和概念的關係問題〉，薄鳴，《中國語文》，民國 50 年（西元 1961 年）8 月，頁 39～42。
42. 〈聯想與文學創作之關係，兼論語感、譬喻與象徵〉，方師鐸，《東海學報》二十二期，民國 70 年，頁 119～129。
43. 〈雙字詞語的構成方式〉，夏丏尊，《國文月刊》四十一期，民國 35 年 3 月，頁 19～21。
44. 〈關於漢語的基本詞彙〉，李向眞，《中國語文》，民國 42 年（西元 1953 年）4 月，頁 3～8。
45. 〈關於漢語構詞法的幾個問題〉，岑麒祥，《中國語文》，民國 45 年（西元 1956 年）。
46. 〈關於詞義演變的兩個問題〉，孫良明，《中國語文》，民國 50 年（西元 1961 年）2 月，頁 23～25。
47. 〈關於詞義與概念〉，石安石，《中國語文》，民國 50 年（西元 1961 年）8 月，頁 35～38。
48. 〈關於詞義和概念的幾個問題〉，《中國語文》，民國 51 年（西元 1962 年）6 月，頁 265～271。